Annie Ernaux

L'écriture comme un couteau

Entretien avec Frédéric-Yves Jeannet

POSTFACE INÉDITE DE L'AUTEUR

Gallimard

Annie Ernaux est née à Lillebonne et elle a passé toute sa jeunesse à Yvetot, en Normandie. Agrégée de lettres modernes, elle a enseigné à Annecy, Pontoise et au Centre national d'enseignement à distance. Elle vit dans le Val-d'Oise, à Cergy.

Frédéric-Yves Jeannet, né en 1959, vit depuis 1977 au Mexique dont il a adopté la nationalité.
Il enseigne actuellement la littérature comparée à Mexico.

Les antipodes souvent nous appellent, l'autre pôle. À la recherche d'un sens au monde et dans nos vies, nous préférons alors nos différences à nos similitudes, entre semblables le dissemblable, ne pouvant nous résigner à ne retrouver chez les autres que notre reflet, à ne vivre et travailler que par identification. Nous en apprenons plus en effet sur l'appréhension d'un monde commun en observant la quête menée par d'autres qu'en poursuivant avec difficulté, toujours à deux doigts d'y renoncer et sur le bord d'une falaise, notre recherche propre. C'est en cela que la lecture nous alimente, peut nous sauver du processus tortueux, torturant, de l'écriture, et nous donner la force de poursuivre. On affronte en effet les plus grands dangers, on accepte de courir tous les risques lorsqu'il s'agit de mener aussi loin que possible une investigation où l'être entier est mis en jeu, toujours à déchiffrer et tenter d'éclaircir au moyen d'une anamnèse, dans le fil de l'exemple que nous ont donné Montaigne, Chateaubriand, Rousseau ou Leiris.

Ainsi, c'est parce qu'elle est en apparence à l'opposé, dans sa forme, de mon travail long et labyrinthique, à la recherche pourtant lui aussi d'une vérité sur mon passé, que j'admire depuis vingt ans la trajectoire exigeante et risquée d'Annie Ernaux, son écriture qui ne ment pas, décapée jusqu'à l'os, mettant à nu la douleur, la joie, la complexité d'exister. J'admire que, d'une masse nécessairement complexe et profuse de sensations, pensées et sentiments, elle parvienne à extraire l'essence dans des livres resserrés à l'extrême, qui paraissent limpides mais où la difficulté de la démarche, du déchiffrage, n'est pourtant pas oblitérée, toujours présente en filigrane et signalée au fil même du récit. J'aime ses phrases sans métaphores, sans effets, leurs silex affûtés qui tranchent dans le vif, écorchent, et que ce mouvement se soit encore accentué dans les années récentes par une exploration de plus en plus risquée, d'une précision d'entomologue, qui va jusqu'aux confins de ce qu'il est accepté de dire, de ce qu'on dit ou ne dit pas.

La gêne et l'incompréhension, les réactions de rejet que suscitent chez quelques-uns, qui font profession de lire, de comprendre, et la vilipendent aujourd'hui, ses explorations de l'être tout entier, corps et âme, relèvent sans aucun doute de mobiles plus obscurs — politiques, misogynes ou bien-pensants — que ceux de l'analyse littéraire. Elles me semblent un bon symptôme de la résistance multiple provoquée par toute transgression des frontières immuables, étanches ou tenues pour telles, entre « le su, le connu » et d'autres territoires, intacts, inexplorés, les « territoires du nord » tels qu'ils s'étendent aux frontières de Hong Kong vers ce qui

*était, il y a peu encore, un autre monde : la Chine.
J'ai donc voulu tenter de faire dire à Annie Ernaux
les motivations profondes et circonstances de son geste,
de sa posture d'écrivain. Car, pour ma part, j'ai pris
comme elle depuis longtemps le pli du caravanier
insensible aux aboiements, du gabier qui jamais ne
change de cap ni ne déroge : je sais qu'il faut aller
invariablement vers le pôle, tel le capitaine Hatteras,
poursuivre quoi que l'on puisse en dire et sans se
détourner. Je tiens l'inconfort pour seule méthode, seul
moyen de ne pas reproduire, de dépasser au contraire
ce qu'on nous a légué, enseigné, de réaliser enfin ce
qu'on nous a dissuadé d'entreprendre, et de se forcer
ainsi un passage. Vers quoi ? Le saura-t-on jamais ?
Une vérité, sans doute : la nôtre.*

*L'entretien, comme d'autres genres dits « mineurs »,
m'a toujours semblé apte à révéler, sous l'effet d'une
sollicitation extérieure, ce qui dans l'œuvre interrogée
reste souvent implicite ; apte à y ouvrir ainsi, peut-
être, quelques nouvelles fenêtres. Dans le meilleur des
cas, cette forme peut même conduire sur des sentiers de
traverse que l'œuvre n'emprunte pas. D'où ce projet
ancien, auquel Annie Ernaux s'est prêtée de bonne
grâce, avec rigueur et sympathie : il s'agit donc d'un
entretien, au singulier car ses différentes phases se sont
enchaînées jusqu'à ne plus former au fil d'une année
qu'un seul questionnement dialogique, réalisé entièrement à distance, entre nos pôles et continents respec-
tifs, selon le rythme propre du courrier électronique.*

F.-Y. J., 28 juin 2002

Depuis six ans, nous entretenons, Frédéric-Yves Jeannet, qui vit aux États-Unis, et moi, une correspondance à la fois fidèle et espacée. Dans son livre *Cyclone*, paru en 1997, j'avais reconnu l'engagement absolu d'un écrivain dans une quête dont l'objet, la blessure toujours vivante, apparaît et fuit sans cesse, toute la beauté d'une écriture reprenant et mêlant les mêmes motifs, lieux et scènes, en une symphonie somptueuse et déchirée. Les suivants, *Charité* et, récemment, *La Lumière naturelle*, montrent la poursuite de cette entreprise singulière, sans compromission. L'an passé, lors d'un déplacement en France, Frédéric-Yves Jeannet m'a demandé si j'accepterais que nous ayons un entretien sur des questions d'écriture et sur mes livres, en utilisant, par exemple, le courrier électronique. Ce serait quelque chose de très libre, sans durée définie ni finalité précise. Cette absence de contraintes, cette incertitude même de l'issue, la forme entièrement écrite de l'échange m'ont tentée. Par-dessus tout, je savais que, par sa façon de vivre l'écriture, Frédéric-Yves Jeannet serait un enquêteur profondément *impliqué*. Il n'est pas jusqu'aux différences dans les moyens de nos entreprises respectives qui ne me soient apparues comme une chance, une sorte de garantie. C'est dans la distance et l'écart des points de vue que je me sentirais à la fois le plus libre et le plus tenue d'expliciter ma démarche.

Pendant une année environ, sans régularité particulière, Frédéric-Yves Jeannet m'a envoyé par e-mail un ensemble de questions et de réflexions. Il était rare que je réponde immédiatement. Entre le libellé d'une question et ce qu'on croit écrire s'étend un espace angoissant, voire menaçant. Lors d'un entretien oral, même mené avec lenteur, on s'efforce de l'ignorer et de le franchir avec plus ou moins d'aisance et de rapidité, affaire d'habitude. Là, je pouvais prendre le temps d'apprivoiser cet espace, de faire surgir du vide ce que je pense, cherche, éprouve quand j'écris — ou tente d'écrire — mais qui est absent quand je n'écris pas. Une fois que j'avais l'impression d'avoir saisi quelque chose d'un peu sûr, je me lançais à écrire directement ma réponse sur l'ordinateur, sans notes et avec le minimum de corrections, selon la règle du jeu que je m'étais imposée.

Tout au long de cet entretien, je n'ai eu comme souci que la sincérité et la précision, celle-ci se découvrant plus difficile à obtenir que celle-là. Il n'est pas aisé de rendre compte, sans l'unifier ni la réduire à quelques principes, d'une pratique d'écriture commencée il y a trente ans. D'en laisser percevoir les inévitables contradictions. D'apporter des détails concrets sur ce qui se dérobe le plus clair du temps à la conscience. Ce qui assemble les phrases de mes livres, en choisit les mots, c'est mon désir, et je ne peux l'apprendre aux autres puisqu'il m'échappe à moi-même. Mais il me semble pouvoir indiquer la visée de mes textes, donner mes «raisons» d'écrire. Qu'elles relèvent de l'imaginaire n'enlève rien au fait qu'elles jouent réellement sur la forme même de l'écriture. J'espère simplement avoir réussi à exprimer quelques vérités individuelles et provisoires — révisables assurément par d'autres — sur ce qui occupe beaucoup ma vie.

J'ai parcouru avec curiosité, plaisir, incertitude parfois, les chemins ouverts au fur et à mesure, tenacement, subtilement, par Frédéric-Yves Jeannet. Suis-je pour autant allée *ailleurs*, comme j'en émets le vœu au début de l'entretien ? Non, seule — avec l'amour, peut-être — la descente sans garde-fou dans une réalité qui appartient à la vie et au monde, pour en arracher des mots qui aboutiront à un livre, possède ce pouvoir. Ici, j'ai écrit sur l'écriture, le monde n'était pas là. Il y a quelque chose d'irréel à raconter une expérience d'écriture somme toute immontrable. Qui se dévoile peut-être autrement. Par exemple dans cette image indélébile d'un souvenir qui vient de faire surface, une fois encore :

C'est juste après la guerre, à Lillebonne. J'ai quatre ans et demi environ. J'assiste pour la première fois à une représentation théâtrale, avec mes parents. Cela se passe en plein air, peut-être dans le camp américain. On apporte une grande boîte sur la scène. On y enferme hermétiquement une femme. Des hommes se mettent à transpercer la boîte de part en part avec de longues piques. Cela dure interminablement. Le temps d'effroi dans l'enfance n'a pas de fin. Au bout du compte, la femme ressort de la boîte, intacte.

A. E., 8 juillet 2002

En partance

Je vous propose d'entreprendre ici une exploration des modalités et circonstances de l'écriture qui ont abouti à votre œuvre et la sous-tendent.

Au seuil de ces entretiens que nous allons avoir sur les livres que j'ai écrits et ma pratique, mon rapport à l'écriture, je tiens à dire les dangers et les limites d'un exercice dans lequel je vais pourtant m'engager avec un souci de vérité et de précision. Notez que je n'ai pas employé le mot « œuvre ». En ce qui me concerne, ce n'est pas un mot que je pense, ni que j'écris, c'est un mot pour les autres, comme le mot « écrivain », d'ailleurs. Ce sont presque des mots de nécrologie, en tout cas de manuels littéraires, quand tout est achevé. Ce sont des mots fermés. Je préfère « écriture », « écrire », « faire des livres », qui évoquent une activité en cours.

Ces dangers et ces limites, donc, sont à peu près les mêmes que l'on rencontre dans tout discours rétrospectif sur soi. Vouloir éclaircir, enchaîner ce qui était obscur, informe, au moment même où j'écrivais, c'est me condamner à ne pas rendre compte des glissements et des recouvrements de pensées, de désirs, qui ont abouti à un texte, à négliger l'action de la vie, du présent, sur l'élaboration de ce texte. Quand il s'agit de se souvenir de l'écriture, même récente, la mémoire défaille plus largement encore qu'elle ne le fait pour tout autre événement de la vie. Peut-être aussi, à la fin, serai-je consternée, accablée par le sérieux, la gravité de cette entreprise d'explication — qui est un phénomène apparu au XXe siècle, auparavant on ne s'explique pas ainsi sur son travail. (Non, au XIXe, j'oubliais, Flaubert par qui vient tout le mal!) Peut-être aurai-je alors simplement envie de me rappeler une petite fille lisant le feuilleton de *L'Écho de la mode* ou écrivant des lettres à une amie inventée, sur les marches de l'escalier, dans la cuisine coincée entre le café et l'épicerie, et de dire : ça a dû commencer là. Me voici déjà dans le mythe, celui de la prédestination à l'écriture...

Je comprends vos réserves à l'égard d'une entreprise telle que l'entretien, où l'enjeu est forcément différent de celui qui apparaît dans l'écriture ; mais il me semble que ce genre effectivement assez récent, encore qu'il en existe quelques exemples plus anciens, telles les conversations avec Goethe, avec Jules Verne, peut être conçu non seulement comme une explicitation a posteriori *de la trajectoire que l'on a suivie dans l'écriture, mais, à l'instar du journal ou de la correspondance, comme une exploration parallèle à celle de l'écriture «littéraire» proprement dite, exploration certes risquée, mais qui peut permettre de dire face à une sollicitation, à l'intérieur d'une forme dialogique, ce que l'œuvre ne dit pas, ou exprime tout autrement. J'essaierai donc de vous amener progressivement à explorer une sorte d'ailleurs, si vous y consentez.*

Ce que je redoute, en parlant de ma façon d'écrire, de mes livres, c'est, comme je vous le disais, la rationalisation *a posteriori*, le chemin qu'on voit se dessiner après qu'il a été parcouru. Mais si l'entretien peut m'emmener, comme vous le suggérez, *ailleurs*, pourquoi pas, je suis partante.

*

Une première incursion dans cet «ailleurs», d'abord au sens le plus littéral. Vos nombreux voyages sont souvent mentionnés, mais presque jamais décrits dans vos livres. Ils laissent donc très peu de traces dans l'écriture, sauf à un niveau informatif, contextuel. Que représente pour vous le voyage par rapport à l'écriture? Ne vous considérez-vous écrivain que devant votre table de travail ou votre ordinateur?

Depuis quinze ans, à cause de mes livres, j'ai assez voyagé, dans beaucoup de pays d'Europe, en Asie, au Moyen-Orient, en Amérique du Nord, réalisant ainsi le grand rêve de mon enfance, partir, voir le monde. Sauf pour un voyage à Lourdes, je n'étais pas sortie de la Normandie avant l'âge de dix-neuf ans et je suis allée pour la première fois à Paris à vingt et un ans. Mais souvent, dans ma chambre d'hôtel à l'étranger, je suis étonnée d'être là, de ne pas éprouver plus de bonheur. Il me semble être entrée dans un film, comme figurante. Il y a le film japonais, coréen, égyptien... En voyage, je ne ressens pas les choses avec intensité. Dans cette sorte de voyages, officiels en somme, dont les conditions sont généralement artificielles, les parcours balisés, je ne suis pas réellement immergée dans le pays. C'est de *l'aventure* du voyage que je rêvais, enfant. Là, il n'y en a pas. Et puis, pour vivre vraiment les choses, j'ai besoin de les revivre. Venise, où je suis allée une douzaine de fois, suscite des pages et des pages — dans mon journal intime seulement. C'est toujours dans celui-ci que je note mes impressions, les rencontres, les choses vues. Mais je ne poursuis jamais en voyage un livre en cours. Je n'en ai pas le temps et je ne le pourrais pas. Toutes les activités qui sont la justification de mes voyages — rencontres avec des étudiants, des écrivains, des journalistes — me font vivre à la surface de moi-même, dans la dispersion. Ce n'est pas désagréable, cela constitue de merveilleuses vacances au sens étymologique, une période de vide. Je ne supporte pas cela très longtemps, pas plus d'une semaine. Surtout si j'ai un texte en cours. Dans ce cas, la prison, c'est dehors, et la liberté le bureau où je m'enferme. C'est là que j'existe vraiment, non que je me sens écrivain. Je ne me pense jamais écrivain, juste comme quelqu'un qui écrit, qui *doit* écrire. En ce sens, il n'y a pas de quoi en faire une affaire.

L'écriture a deux formes pour moi

Nous continuerons plus loin à explorer quelques-unes de ces marges de l'activité d'écriture. Mais survolons d'abord, malgré tout, l'œuvre déjà accomplie. Seriez-vous d'accord pour que l'on divise celle-ci, pour l'étudier telle qu'elle s'est développée jusqu'à présent, en trois « zones » assez clairement démarquées : les romans (dont une grande part est autobiographique), les « récits autobiographiques » (les guillemets indiquent ici le caractère approximatif de ces classifications) et enfin le journal, qui comporte à ce jour quatre tomes publiés ? Avez-vous éprouvé, en écrivant, la transition de l'une à l'autre étape, leur alternance ou leur simultanéité ?

J'ai le sentiment de creuser toujours le même trou, dans mes textes. Mais je reconnais avoir différents modes d'écriture. Il y a eu d'abord la fiction, comme allant de soi, dans mes trois premiers livres publiés qui portaient la mention de « roman » à leur parution. *Les armoires vides, Ce qu'ils disent ou rien* et *La femme gelée*. Puis, une autre forme, apparue avec *La place*, qui pourrait être qualifiée de «récit autobiographique» parce que toute fictionnalisation des événements est écartée et que, sauf erreur de mémoire, ceux-ci sont véridiques dans tous leurs détails. Enfin le «je» du texte et le nom inscrit sur la couverture du livre renvoient à la même personne. Bref, des récits dans lesquels tout ce qu'on pourrait vérifier par une enquête policière, ou biographique — ce qui revient au même, souvent! — se révélerait exact. Mais ce terme de «récit autobiographique» ne me satisfait pas, parce qu'il est insuffisant. Il souligne un aspect certes fondamental, une posture d'écriture et de lecture radicalement opposée à celle du romancier, mais il ne dit rien sur la visée du texte, sa construction. Plus grave, il impose une image réductrice: «l'auteur parle de lui». Or, *La place*, *Une femme*, *La honte* et en partie *L'événement* sont moins autobiographiques que auto-socio-biographiques. Et *Passion simple*, *L'occupation* sont des analyses sur le mode impersonnel de passions personnelles. D'une manière générale, les textes de cette seconde période sont avant tout des «explorations», où il s'agit moins de dire le «moi» ou de le «retrouver» que de le perdre dans une réalité plus vaste, une culture, une condition, une douleur, etc. Par rapport à la forme du roman de mes débuts, j'ai l'impression d'une immense et, naturellement, terrible liberté. Un horizon s'est dégagé en même temps que je refusais la fiction, toutes les possibilités de forme se sont ouvertes.

Dans ma pratique d'écriture, j'ai tendance à situer à part le journal. Tout d'abord parce qu'il a été mon premier mode d'écriture, sans visée littéraire particulière, simple confident et aide-à-vivre. J'ai commencé un journal intime quand j'avais seize ans, un soir de chagrin, à une époque où je ne prévoyais pas spécialement d'engager ma vie dans l'écriture. Si je me souviens de m'être appliquée à « bien écrire » au début, très vite la spontanéité l'a emporté : pas de ratures, pas de souci de forme ni d'astreinte à la régularité. De toute façon, j'écrivais pour moi-même, pour me libérer d'émotions secrètes, sans aucun désir de montrer mes cahiers à quiconque. Cette attitude de spontanéité, cette indifférence à un jugement esthétique, ce refus du regard d'autrui (mes cahiers ont toujours été bien planqués !), j'ai continué de les avoir dans la pratique de mon journal intime quand j'ai commencé à écrire des textes destinés à être publiés. Je crois les avoir toujours, je veux dire, ne pas trop « prévoir » un lecteur.

J'ai toujours fait une grande différence entre les livres que j'entreprends et mon journal intime. Dans les premiers, tout est à faire, à décider, en fonction d'une visée, qui se réalisera au fur et à mesure de l'écriture. Dans le second, le temps impose la structure, et la vie immédiate est la matière. C'est donc plus limité, moins libre, je n'ai pas le sentiment de « construire » une réalité, seulement de laisser une trace d'existence, de *déposer* quelque chose, sans finalité particulière, sans délai aucun de publication, du pur *être-là*. Mais il me faut faire une différence entre le journal vraiment intime et le journal qui contient un projet précis, c'est le cas de *Journal du dehors* et de *La vie extérieure*, qui tournent volontairement le dos à l'introspection et à l'anecdote personnelle, où le « je » est rare. Ici, la structure inachevée, le fragment, la chronologie comme cadre, qui caractérisent la forme du journal, sont au service d'un choix et d'une intention, celui de faire des sortes de photographies de la réalité quotidienne, urbaine, collective.

Pour résumer un peu : l'écriture a deux formes pour moi. D'une part, des textes concertés (dont participent aussi *Journal du dehors* et *La vie extérieure*) et de l'autre, parallèlement, une activité de diariste, ancienne, multiforme. (Ainsi, à côté des cahiers du journal intime, je tiens depuis 1982 un « journal d'écriture », fait des doutes, des problèmes que je rencontre en écrivant, rédigé de façon cursive, avec ellipses, abréviations.) Dans mon esprit, ces deux modes d'écriture constituent un peu une opposition entre « public » et « privé », littérature et vie, totalité et inachèvement. Action et passivité. Anaïs Nin écrit dans son Journal : « Je veux jouir et non transformer. » Je dirais que le journal intime me paraît le lieu de la jouissance, que les autres textes sont celui de la transformation. J'ai plus besoin de transformer que de jouir.

Dans le mot roman,
je mettais littérature

Vos trois premiers livres sont écrits à la première personne, tout comme les suivants ; d'où vient à votre avis le fait que lors de leur parution leur voix narratrice ait pourtant été reçue et perçue comme celle d'une héroïne de roman, et partagez-vous ce point de vue ? Avez-vous le sentiment d'avoir transposé ou déguisé la vérité ?

Mais, pour moi aussi, c'étaient des romans, aucun doute là-dessus ! Du moins les deux premiers, *Les armoires vides* et *Ce qu'ils disent ou rien*. C'est moins vrai pour *La femme gelée*. Romans dans leur intention, dans leur structure, même pas des « autofictions ». En 1972, quand je commence *Les armoires vides*, dans « l'espace des possibles » qui s'offre plus ou moins consciemment à moi, je ne peux pas envisager autre chose qu'un roman. Dans le mot roman, je mettais littérature. La littérature, à ce moment-là, est représentée pour moi par le seul roman et celui-ci suppose une transfiguration de la réalité. Cette idée de transfigurer la réalité, donc de «faire de la littérature», comptait beaucoup plus à mes yeux que la possibilité offerte par la fiction de se protéger, de se masquer en disant «j'ai tout inventé».

La construction des *Armoires vides* est celle d'un roman. La voix narratrice appartient à une fille de vingt ans, en train d'avorter dans sa chambre de la cité universitaire, Denise Lesur. Un moment, j'ai eu le désir d'employer non le «je» mais le «elle», et j'ai même tiré au sort pour savoir lequel des deux j'allais choisir. C'est le «je» qui est sorti, mais je crois que, de toute manière, j'en serais revenue au «je». Parce que, à l'intérieur de ce cadre fictionnel, je procède à une anamnèse de ma propre déchirure sociale : petite fille d'épiciers-cafetiers, allant à l'école privée, faisant des études supérieures. L'avortement qui sert de cadre à ce retour en arrière, je l'ai aussi vécu. Dans le contenu, je ne transforme pas la réalité et je ne la transfigure pas non plus, d'ailleurs ! Je plonge plutôt dedans, et avec une grande intrépidité. D'ailleurs, à un moment, je tourne en dérision la littérature instituée, que j'étudie à la fac, qui ne m'apporte rien à ce moment précis où j'ai une sonde dans le ventre et je réclame un texte où il y aurait «la transfiguration de la sonde»… Mais, puisque je me plaçais dans l'*intentionnalité* d'un roman, je me suis octroyé le droit, sans même me poser de questions, de modifier non seulement les noms, mais de créer des personnages avec plusieurs êtres réels, la copine Monette par exemple, de changer les lieux.

Ce livre sera lu par la critique comme un roman, par les lecteurs comme un roman auto-biographique. Pas comme un roman par mes proches, évidemment. En premier lieu ma mère, qui vivait alors chez moi. Avec beaucoup d'intelligence mais aussi de soumission devant la violence que je lui infligeais — elle a dû souffrir énormément à cause de ce livre — elle a joué le jeu, fait comme si tout était inventé. Quelquefois je pense qu'elle a dû se dire, «après tout, ça doit être tout le temps ainsi quand on écrit, on raconte des choses réelles et l'on baptise ça des romans». Et elle s'est tue par admiration inconditionnelle pour la littérature, envers les écrivains. Elle avait souhaité que j'écrive, elle n'avait pas imaginé que ce serait ça, un livre qui n'avait rien à voir avec ce qu'elle aimait, l'amour — «la romance» comme elle disait —, et tout avec le réel, avec notre vie, le commerce, avec elle.

Le livre suivant, *Ce qu'ils disent ou rien*, est encore plus «roman» si je puis dire, la voix narratrice est celle d'une fille de quinze ans, Anne — cette proximité avec mon prénom montre cependant un besoin de lancer des signes auto-biographiques —, et la conception relève encore plus de la fiction, puisque le schéma n'est plus, comme dans le premier livre, celui d'une *quête*, mais la remémoration des événements d'un été.

Pour moi, c'est vraiment un roman parce que j'ai eu le sentiment en l'écrivant — durant l'été 1976, l'été de la grande sécheresse, quasi surréaliste, tout était gris-blanc de chaleur — de m'irréaliser dans une histoire, de (re)devenir cette adolescente, en combinant des choses de mon adolescence à moi avec l'expérience que j'avais des adolescentes en tant que prof.

Ce n'est pas le cas dans *La femme gelée*, que je vois *a posteriori* comme un texte de transition vers l'abandon de la fiction au sens traditionnel. Comme dans *Les armoires vides*, il s'agit d'une exploration d'une réalité qui relève de mon expérience, ici le rôle féminin. Mais le « je » de la narratrice est anonyme — le lecteur est invité à penser qu'il s'agit de l'auteure — et la remémoration du parcours de femme se fait depuis le présent de l'écriture, sur le mode autobiographique. Dans les rencontres que j'ai eues à la parution de ce livre, j'ai remarqué que personne ne le lisait comme un roman mais comme un récit autobiographique. Je n'en ai pas été du tout gênée, à aucun point de vue, ni personnel ni « littéraire ». À cette époque, en 1981, et depuis quelques années, je me posais beaucoup de questions d'écriture et je ne confondais plus littérature et roman, littérature et transfiguration du réel. J'avais d'ailleurs cessé de définir la littérature. Aujourd'hui, je ne la définis pas non plus, je ne sais pas ce qu'elle est.

Dès votre premier livre, on entrait de plain-pied dans la matière de L'événement, *écrit vingt ans plus tard. Établissez-vous une différence de fond entre le « je » d'alors et celui d'aujourd'hui ?*

Une différence entre le « je » des *Armoires vides*, roman, et le « je » de *L'événement*, autobiographie... J'hésite beaucoup. Je vais prendre le problème autrement : dans *Journal du dehors* et *La vie extérieure*, où le « je » est très souvent absent, il n'y a pas moins de « vérité » et de « réalité » que dans les autres textes : c'est l'écriture, globalement, qui détermine le degré de vérité et de réalité, pas seulement l'emploi du « je » fictionnel ou autobiographique. Il y a pas mal de récits autobiographiques qui donnent une insupportable impression de manquer la vérité. Et des textes dits romans qui l'atteignent. Cela dit, la fameuse phrase de Gide dans son Journal, sur le roman qui atteindrait « peut-être davantage la vérité [que les Mémoires] » est pure opinion, qui n'a pas empêché son auteur d'écrire nombre d'œuvres autobiographiques, d'ailleurs, mais que brandissent comme un dogme tous ceux qui sont hostiles à ce genre d'écrits. Les lieux communs et les idées reçues à propos de la littérature sont très fatigants, parce que ceux qui les émettent se croient généralement supérieurs et les assènent avec une certitude qui ferait rire dans d'autres domaines. Et comment s'accorder sur une définition de la vérité... Pour moi, la vérité est simplement le nom donné à ce qu'on cherche et qui se dérobe sans cesse.

Pour revenir précisément au « je » : avant tout, c'est une *voix*, alors que le « il » et le « elle » sont, créent, des personnages. La voix peut avoir toutes sortes de tonalités, violente, hurlante, ironique, histrionne, tentatrice (textes érotiques), etc. Elle peut s'imposer, devenir spectacle, ou s'effacer devant les faits qu'elle raconte, jouer sur plusieurs registres ou rester dans la monodie. Je n'ai effectivement pas la même voix dans *Les armoires vides* et dans *L'événement*. Le changement se produit avec *La place*. Pas seulement celui de la voix, mais celui de la posture entière de l'acte d'écrire.

Je sens l'écriture comme un couteau

La transition avec cet autre « je » d'après les romans est-elle venue naturellement, ou vous a-t-elle été difficile ? Qu'est-ce qui a motivé cet abandon d'une écriture plus « littéraire », quoique d'un style familier, au profit d'une autre écriture que je qualifierais de « clinique », que certains nomment « blanche », et que vous nommez « plate », dans La place *elle-même ?*

Je crois que tout dans *La place*, sa forme, sa voix, son contenu, est né de la douleur. Celle qui m'est venue à l'adolescence lorsque j'ai commencé de m'éloigner de mon père, ancien ouvrier, patron d'un petit café-épicerie. Douleur sans nom, mélange de culpabilité, d'incompréhension et de révolte (pourquoi mon père ne lit-il pas, pourquoi a-t-il des « manières frustes », comme il est écrit dans les romans ?). Douleur dont on a honte, qu'on ne peut ni avouer ni expliquer à personne. Et puis l'autre douleur, celle que j'ai eue de le perdre brutalement, au moment où je venais passer une semaine chez mes parents après avoir réalisé, au fond, son rêve pour moi d'ascension sociale : j'étais devenue prof, passée dans l'autre monde, celui pour lequel nous étions des «gens modestes», ce langage de la condescendance… Il fallait que j'écrive sur mon père, sur sa trajectoire de paysan devenu petit commerçant, sa façon de vivre, mais faire un livre juste, correspondant au souvenir vivant de cette douleur.

J'ai beaucoup tâtonné pendant cinq ans. En 1977, j'ai écrit cent pages d'un roman que je n'ai pas eu envie de continuer, qui me donnait un sentiment très fort de fausseté, dont l'origine m'échappait, dont je ne comprenais pas la cause, puisque l'écriture et la voix étaient les mêmes que dans les précédents livres. En 1982, j'ai mené une réflexion difficile, qui a duré six mois environ, sur ma situation de narratrice issue du monde populaire, et qui écrit, comme disait Genet, dans la «langue de l'ennemi», qui utilise le savoir-écrire «volé» aux dominants. (Ces termes ne sont pas, comme vous pourriez le penser, excessifs, j'ai eu longtemps — et peut-être même l'ai-je encore — le sentiment d'avoir conquis le savoir intellectuel par effraction.)

Au terme de cette réflexion, je suis venue à ceci : le seul moyen juste d'évoquer une vie, en apparence insignifiante, celle de mon père, de ne pas *trahir* (lui, et le monde dont je suis issue, qui continue d'exister, celui des dominés), était de reconstituer la réalité de cette vie à travers des faits précis, à travers les paroles entendues. Le titre que j'ai donné à cette entreprise pendant plusieurs mois — *La place* s'est imposé à la fin seulement — était assez clair sur mes intentions : *Éléments pour une ethnologie familiale*. Il n'était plus question de roman, qui aurait déréalisé l'existence réelle de mon père. Plus possible non plus d'utiliser une écriture affective et violente, donnant au texte une coloration populiste ou misérabiliste, selon les moments. La seule écriture que je sentais « juste » était celle d'une distance objectivante, sans affects exprimés, sans aucune complicité avec le lecteur cultivé (complicité qui n'est pas tout à fait absente de mes premiers textes). C'est ce que j'ai appelé dans *La place* « l'écriture plate, celle-là même que j'utilisais en écrivant autrefois à mes parents pour leur dire les nouvelles essentielles ». Ces lettres auxquelles je fais allusion étaient toujours concises, à la limite du dépouillement, sans effets de style, sans humour, toutes choses qui auraient été perçues par eux comme des « manières », des « embarras ». Par et dans le choix de cette écriture, je crois que j'assume et dépasse la déchirure culturelle : celle d'être une « immigrée de l'intérieur » de la société française. J'importe dans la littérature quelque chose de dur, de lourd, de violent même, lié aux conditions de vie, à la langue du monde qui a été complètement le mien jusqu'à dix-huit ans, un monde ouvrier et paysan. Toujours quelque chose de réel.

Qu'on rattache cette façon d'écrire à l'écriture «blanche» définie par Barthes, ou au minimalisme, c'est l'affaire des chercheurs en littérature qui doivent déterminer des courants, classer, qui travaillent sur pièces, comparent, etc. Avant d'écrire, pour moi, il n'y a rien, qu'une matière informe, souvenirs, visions, sentiments, etc. Tout l'enjeu consiste à trouver les mots et les phrases les plus justes, qui feront exister les choses, «voir», en oubliant les mots, à être dans ce que je sens être une écriture du réel. Même si cette formulation peut sembler vague ou sujette à caution, si elle n'avait pas de sens au moment où j'écris, je ne passerais sûrement pas des heures sur un paragraphe…

Dans la vision rétrospective que l'on peut avoir aujourd'hui de l'itinéraire qui vous a conduite de vos premiers « romans » à vos derniers livres, un dépouillement progressif est au service d'une recherche de plus en plus précise et pointue de la vérité ; cette forme nouvelle qui est la vôtre depuis La place, *et jusqu'à* L'occupation, *est-ce votre voix, votre tessiture définitive, celle que vous aviez cherché à atteindre ?*

Ai-je réellement, toujours, la même écriture depuis *La place* ? C'est-à-dire le même rythme de phrase, le même tempo, d'un livre l'autre ? Mais aussi plus de dépouillement ? De cela je ne peux vraiment juger. Tout ce que je sais, c'est que ce livre a inauguré comme je l'ai dit une *posture* d'écriture, que j'ai toujours, exploration de la réalité extérieure ou intérieure, de l'intime et du social dans le même mouvement, en dehors de la fiction. Et l'écriture, « clinique » dites-vous, que j'utilise, est partie intégrante de la recherche. Je la sens comme le couteau, l'arme presque, dont j'ai besoin.

*

La question du « genre » se pose souvent à vous lire : le genre particulier que constitue le journal intime, écrit simultanément au déroulement de la vie, est par définition antérieur au récit d'exploration autobiographique, très construit, qui représente une sorte de synthèse, de concrétion ou analyse de cette expérience alors relatée au passé (« À partir du mois de septembre l'année dernière », « Au mois d'octobre 1963 », « Topographie d'Y. en 52 », etc.). Vous démontrez en publiant Se perdre, *et expliquez d'ailleurs dans une note liminaire, que le même vécu donne lieu à une double écriture : l'écriture immédiate, dites-vous, contient « une "vérité" autre que celle contenue dans* Passion simple ». *Cela est manifeste dans la forme très différente des deux livres. Puisez-vous dans le journal ou l'agenda la matière de vos récits ?*

J'aime relire de temps en temps mes journaux intimes, surtout ceux des dernières années, mais toujours dans une finalité, je dirais une curiosité, purement personnelle, sans aucun souci artistique. Je n'y ai jamais cherché la matière de mes livres, je ne les ai pas écrits ni ne les écris actuellement pour qu'ils « servent » dans un texte élaboré. Beaucoup de mes textes se réfèrent à des époques pour lesquelles je n'ai pas de journal intime, comme l'enfance, ou bien le journal a disparu (celui qui va de seize à vingt-deux ans). C'est le cas des *Armoires vides*, de *La honte*, pour lesquels je n'ai pas de journal. Ou encore, ce dont je parle n'est pas évoqué dans le journal intime (*La place*), ou très peu (*La femme gelée*). Mais il est vrai que, dans une sorte d'attitude positiviste — désir de ne pas oublier des *faits réels* —, de scrupule — « ai-je oublié quelque chose de significatif ? » —, une fois le texte bien engagé, presque fini souvent, je me reporte au journal intime s'il recouvre la même période. J'ai procédé ainsi pour *Passion simple*, pour *L'occupation*. Le journal parallèle aux visites que je faisais à ma mère, à l'hôpital, pendant sa maladie d'Alzheimer, m'inspirait une telle terreur — comme si de le tenir avait conduit ma mère à la mort — que je ne l'ai pas relu avant la fin d'*Une femme*. Pour *L'événement*, mon journal intime et l'agenda de 1963, très succincts, euphémisant la situation, servaient avant tout de repères et d'aide-mémoire, je les considérais comme des documents historiques. Bref, le journal n'est pas pour moi une sorte de brouillon, ni une ressource. Plutôt un document.

J'ai publié seulement deux journaux intimes, « *Je ne suis pas sortie de ma nuit* » et *Se perdre*, l'un et l'autre rédigés dix ans auparavant et dont le contenu, la période vécue avaient déjà fait l'objet d'un récit autobiographique, respectivement *Une femme* et *Passion simple*. De ces deux circonstances — le délai de dix ans et l'existence d'un livre — la seconde est la principale, c'est elle qui motive la publication. Sans doute, le délai est important : c'est lui qui me permet de jeter sur le journal un regard objectif, froid, de considérer le «je» comme un autre, une autre et, surtout, de voir au-delà du contexte de ce temps-là, au-delà des sentiments exprimés, de voir, sentir devrais-je dire, l'écriture, la vérité produite par l'écriture. Mais la publication du journal me permet de faire «jouer» le premier texte, de lui donner un autre éclairage, au risque de déstabiliser le lecteur qui se trouve devant deux «versions» de la passion, par exemple, avec *Se perdre* et *Passion simple*. Une version longue, écrite au jour le jour, dans l'opacité du présent, l'autre, brève, épurée, tournée vers la description de la réalité de la passion. À chaque fois, le texte du journal («*Je ne suis pas sortie de ma nuit*» comme *Se perdre*) est plus violent, cru, que l'autre texte et, à cause de cela, il me semble que je n'ai pas le droit de le cacher, il faut, comme disait Rousseau, «fournir toutes les pièces»… Démystifier aussi la clôture de l'œuvre.

Un désir de dissolution

Pour ces périodes anciennes où vous ne possédez pas de journal intime, de document « historique », s'agit-il donc d'un travail de la mémoire, d'une reconstitution progressive ou d'une soudaine « épiphanie » ? Vous mentionnez dans Journal du dehors *des visites aux fichiers de la Sorbonne… Lorsque vous parlez d'une chanson de cette époque, par exemple, ou d'un événement contemporain, dans* La honte, La place, *effectuez-vous des recherches ? Le problème est un peu différent dans* Passion simple *(La Lambada),* L'occupation *(le crash du Concorde) ou lorsqu'il s'agit d'événements contemporains à l'écriture du texte : « Quand j'ai commencé de penser à ce texte, un obus de mortier est tombé sur le marché de Sarajevo »* (La honte).

Ma méthode de travail est fondée essentiellement sur la mémoire qui m'apporte constamment des éléments en écrivant, mais aussi dans les moments où je n'écris pas, où je suis obsédée par mon livre en cours. J'ai écrit que « la mémoire est matérielle », peut-être ne l'est-elle pas pour tout le monde, pour moi, elle l'est à l'extrême, ramenant des choses vues, entendues (rôle des phrases, souvent isolées, fulgurantes), des gestes, des scènes, avec la plus grande précision. Ces « épiphanies » constantes sont le matériau de mes livres, les « preuves » aussi de la réalité. Je ne peux pas écrire sans « voir », ni « entendre », mais pour moi c'est « revoir » et « réentendre ». Il n'est pas question de prendre telles quelles les images, les paroles, de les décrire ou de les citer. Je dois les « halluciner », les rabâcher (comme je l'explique dans le début de *L'événement*, qui est le texte où je vais le plus au fond de mon travail d'écriture) et ensuite je tâche de « produire » — non de dire — la sensation dont la scène, le détail, la phrase sont porteurs pour moi, par le récit ou la description de la scène, le détail. Il me faut la sensation (ou le souvenir de la sensation), il me faut ce moment où la sensation arrive, dépourvue de tout, nue. Seulement après, trouver les mots. Cela veut dire que la sensation est critère d'écriture, critère de vérité. Ici, je souffre de devoir parler en termes aussi abstraits d'un travail, d'un mécanisme, très concrets dans la pratique. Peut-être le mieux serait-il de parler en termes d'« arrêt sur image », de message de répondeur qu'on se repasse sans cesse, sauf que tout a lieu dans l'imaginaire, tout est invisible et muet, jusqu'à ce que des mots arrivent sur la feuille.

J'insiste sur le fait qu'il y a toujours un détail qui « crispe » le souvenir, qui provoque cet arrêt sur image, la sensation et tout ce qu'elle déclenche. Un objet — la serviette de table que ma mère tient dans sa main quand mon père meurt. Une phrase, « il a repris de la force », dite par l'avorteuse en parlant du fœtus dans mon ventre.

Je n'ai pas eu recours jusqu'ici à des documents historiques, sauf pour *La honte*. J'étais allée consulter le journal régional de l'année de mes douze ans aux archives de Rouen. Il y a peu de textes où je n'évoque pas des chansons, parce qu'elles jalonnent toute ma vie et que chacune ramène des images, des sensations, une chaîne proliférante de souvenirs, et le contexte d'une année : *La Lambada* de l'été 1989, *I Will Survive* de 1998, *Mexico* et *Voyage à Cuba* de 1952. Ce sont des « madeleines » à la fois personnelles et collectives. Les photos, elles, me fascinent, elles sont tellement le temps à l'état pur. Je pourrais rester des heures devant une photo, comme devant une énigme. Celles que je décris sont naturellement en ma possession, et je les place devant moi dans un premier temps.

Qu'est-ce qui vous amène à réaliser ce travail ? La nécessité de comprendre, d'éclairer le passé, de faire le lien avec le présent, de reconstituer ce qui n'a pas laissé de trace écrite ? Votre entreprise actuelle a-t-elle l'ambition, comme d'autres entreprises autobiographiques fondées sur le travail de la mémoire (Chateaubriand, Leiris, Proust…), de « couvrir » l'ensemble du vécu en comblant peu à peu les zones d'ombre? Est-ce ainsi que vous comptez procéder dans vos textes à venir?

Je n'ai pas le désir de découvrir les zones d'ombre de ma vie, ni de me souvenir de tout ce qui m'est arrivé, et mon passé, en soi, ne m'intéresse pas spécialement. Je me considère très peu comme un être unique, au sens d'absolument singulier, mais comme une somme d'expériences, de déterminations aussi, sociales, historiques, sexuelles, de langages, et continuellement en dialogue avec le monde (passé et présent), le tout formant, oui, forcément, une subjectivité unique. Mais je me sers de ma subjectivité pour retrouver, dévoiler des mécanismes ou des phénomènes plus généraux, collectifs. Cette formulation ne me satisfait pas, à vrai dire. Quelquefois j'ai aimé dire : «Je vis comme tout le monde les choses sur un mode particulier, mais je veux les écrire sur celui du général.» Peut-être est-ce à la fin de *L'événement* que j'ai le mieux exprimé cela, en disant que je voudrais que toute ma vie devienne quelque chose d'intelligible et de général, se dissolve complètement dans la tête et la vie des gens. Il y a une phrase de Brecht qui a beaucoup de sens pour moi : «Il pensait dans les autres et les autres pensaient en lui.» Au fond, le but final de l'écriture, l'idéal auquel j'aspire, c'est de penser et de sentir dans les autres, comme les autres — des écrivains, mais pas seulement — ont pensé et senti en moi.

Une espèce de chantier

Vous menez de front plusieurs types d'écriture, et franchissez sans cesse les cloisonnements entre les genres assez compartimentés que vous pratiquez : journal extérieur, à visée politique ou sociologique, journal intime, où apparaissent des sensations et sentiments éloignés de toute visée ethnologique, journal d'écriture, œuvres de création, ou plutôt de re-création du passé, lointain ou immédiat. Comment « gérez-vous » cette alternance des genres et leurs mécaniques respectives ? Perfusent-ils l'un dans l'autre ? Comment décidez-vous, à un moment donné, d'entreprendre un livre ressortissant à l'un ou l'autre genre ?

Il y a les journaux et le reste, qui est une espèce de chantier.

Les journaux, ce qui les réunit au-delà de leur diversité — intime, extérieur, d'écriture, des visites à ma mère — c'est le présent. Ce que j'écris dans un journal, quel qu'il soit, saisit du présent. Pour des raisons différentes, certes, fixer une émotion, une rencontre, des difficultés de vie ou d'écriture, avec la croyance que les écrire m'aidera d'une façon ou d'une autre. Le journal, c'est le réservoir de la fugacité. La répartition entre les différents journaux (à vrai dire, il s'agit de feuillets libres, sauf pour le journal intime, sur cahier) de ce qui me traverse se fait d'une façon spontanée, dictée par l'habitude, la première habitude. Le premier geste. Je suis toujours frappée par l'importance du premier geste, de ce qu'il enclenche, de ce qu'il engage. On insiste sur celui-ci quand il s'agit de la cigarette, mais je sens partout sa force, de l'amour au crime. Un soir, à seize ans, je suis allée chercher un cahier Clairefontaine dans le magasin de ma mère et j'ai noté l'année, la date, puis exhalé mon chagrin qui était de nature amoureuse et sociale (je ne pouvais, faute de robe à danser, aller à un bal où serait le garçon que j'aimais, où iraient certaines filles de la classe). Le pli était pris, définitivement, sans que je m'en doute, sans aucune volonté de ma part. Pareillement, un jour de 1983, j'ai écrit sur une feuille, à part de mon journal intime, quelques phrases sur ma mère, qui commençait à perdre la mémoire. Après, ce qui est lié à ma mère est allé sur des feuilles, d'abord distinctes, puis remplies à la suite. Le choix d'un autre support, spontané, sans réflexion ni décision claire, correspond à un désir inconscient d'isoler quelque chose dans la réalité, une «matière d'écriture» au fond, mais il n'y a pas de projet concerté. Ce sont des ruses du désir. Je pourrais dire la même chose pour

Journal du dehors, ou même pour le journal d'écriture, écrire sur l'écriture, quand on n'arrive pas à se décider, c'est une façon d'écrire quand même… Maurice Blanchot a écrit là-dessus, dans *Le Livre à venir*, des choses intéressantes, quoique sourcilleuses, au nom de ce qu'est ou n'est pas la littérature. Pour lui, le journal n'en est pas.

Donc, il y a une répartition, mais aussi, parfois, recouvrement. Dans mon journal intime des années 1983-1986 je parle aussi de ma mère — comme dans le journal sur ma mère, «*Je ne suis pas sortie de ma nuit*», je parle d'un homme, A., mon amant (qui n'est pas A. de *Passion simple*). Le journal intime évoque aussi beaucoup l'écriture. Mais, c'est un point capital, selon les supports, selon le type de journal, je n'écris *jamais de la même manière* sur des sujets identiques.

S'il y a de l'avenir «littéraire» dans les journaux — un achèvement, une publication — il s'y trouve malgré lui. Le chantier, c'est au contraire la projection dans une totalité, ne serait-ce qu'à travers deux ou trois pages. C'est ce que je pense en termes d'entreprise, de projet, de recherche, et pas du tout de genre. Pratiquement, ce chantier est fait de différentes «pistes», de directions d'exploration — que le journal d'écriture explicite, systématise dans les plus mauvais jours, pour «y voir enfin clair» — de débuts plus ou moins longs, non utilisés, d'une grande quantité de notes, de faits de mémoire, de phrases, etc., puisque «ça peut toujours servir»... Le tout classé dans plusieurs chemises cartonnées, selon les projets. Ainsi, dans les années 1989-1990, il y avait le dossier «P.S.» — ce qui voulait dire «Passion pour S.» — contenant des fragments rédigés mais dont je ne déciderai de faire un texte autonome qu'au bout de plusieurs mois, quand j'aurai la sensation que quelque chose prend corps et que je n'ai plus d'autre choix que de continuer. Comme dans un champ magnétique, à un moment, tout ce qui était disparate et séparé, en désordre, se dispose, se dessine.

Une des raisons qui m'a fait publier *Se perdre*, c'est de montrer le «jeu» — au sens d'espace qui sépare — entre le journal intime et le texte de *Passion simple*. Dans certains cas, certains moments, il y a perfusion entre le journal intime — plus que les autres journaux — et le chantier des avant-textes, sur le plan des objets, du contenu, pas de l'écriture, puisque la visée des deux est totalement différente pour moi. Les premières pages d'*Une femme* ont été écrites — autrement — dans mon journal intime et dans *«Je ne suis pas sortie de ma nuit»*. Le journal intime de juin 2000 à janvier 2001 est «doublé» dès août par l'écriture de pages, sans finalité précise, que je rassemble dans une chemise avec la mention «l'occupation», qui sera le titre sous lequel le texte paraîtra. Mais, le plus souvent, les journaux et le chantier ont peu d'interférences (je pense à *L'événement*, *La honte*).

Quelque chose de dangereux

Le désir, souvent exprimé, de prendre des risques en écrivant, d'écrire «quelque chose de dangereux», serait-il lié au sujet plus qu'à la forme ? Il me semble qu'il y a dans vos livres, à mesure qu'ils s'éloignent du roman, une remise en cause plus nette tant de la structure du récit que de la phrase, une quête précise, qui l'était moins dans vos premiers livres : celle d'une écriture «neutre», d'une phrase de plus en plus brève, qui se refuse à tout pathos. Est-ce le sens de votre recherche actuelle ?

«Quelque chose de dangereux...» Ce n'est pas ce désir-là que j'avais en commençant d'écrire, en 1972-1973, *Les armoires vides*, mon premier livre publié, mais au fur et à mesure que j'écrivais ce texte, je me rendais compte que j'allais très loin dans l'exploration du conflit culturel que j'avais vécu, écartelée entre mon milieu familial et l'école, et que mon écriture était d'une grande violence. Cette découverte ne suscitait en moi aucune crainte : comme je n'étais pas sûre d'être

47

publiée, je poursuivais impavidement, le danger restait irréel. Quand j'ai appris que Grasset, puis Gallimard, finalement choisi, voulaient publier *Les armoires vides*, je me souviens d'avoir été prise de panique. D'un seul coup, mon livre devenait *réel*, c'était comme si j'avais commis une mauvaise action secrète qui était révélée au jour. J'avais honte de mon livre et pourtant je n'ai pas eu l'idée de prendre un pseudonyme : je devais assumer ce que j'avais écrit, affronter le regard de l'entourage familial et professionnel. Ce qu'il y avait de bouffon, c'est que, dix ans plus tôt, j'avais imaginé la sortie de mon premier livre comme un moment de pur bonheur, et que je vivais celui-ci comme une épreuve. J'entrais «mal», de façon incorrecte, boueuse, dans la littérature, avec un texte qui déniait les valeurs littéraires, crachait sur tout, blesserait ma mère. Ce n'était pas un premier roman aimable qui me vaudrait la considération de la province où je vivais, les félicitations de la famille. Mais du plus profond de mon être, je savais que je n'aurais pas pu écrire autre chose que ce texte-là. D'entrée de jeu, sans le vouloir de façon claire, je me suis située dans une aire dangereuse, j'écrivais «contre», y compris contre la littérature, que j'enseignais par ailleurs. Je crois que j'ai pris là une première habitude. Mais ce n'est pas, peut-être, une explication suffisante.

Je vois d'autres raisons à ce désir d'écrire «quelque chose de dangereux», très liées au sentiment de trahison de ma classe sociale d'origine. J'ai une activité «luxueuse» — quel plus grand luxe en effet que de pouvoir consacrer l'essentiel de sa vie à l'écriture, même si cela est une souffrance aussi — et l'une des façons de la «racheter» est qu'elle ne présente aucun confort, que je paye de ma personne, moi qui n'ai jamais travaillé de mes mains. L'autre façon est que mon écriture concoure à la subversion des visions dominantes du monde.

Vous me demandez si le danger est dans le sujet ou dans la forme. À vrai dire je ne sépare pas les deux et j'irais jusqu'à dire que le danger est, fondamentalement, dans la manière d'écrire. On peut évoquer la mort et la maladie des parents sous une forme pathétique et euphémisée, allusive. On peut parler de la culture populaire de façon populiste, de la passion avec lyrisme, etc. Tout cela a été fait, ce ne serait pas dangereux de le refaire. Mais en cherchant la manière la plus juste, correspondant le plus à ce que je sens, pour «traiter mon sujet», j'ai été amenée de plus en plus à chercher des formes nouvelles, surtout à partir de *La place*, mais nous en reparlerons sans doute.

Cherchez-vous par conséquent à rénover la forme du récit? En quoi consiste votre travail sur la syntaxe?

C'est toujours la chose à dire qui entraîne la façon de le dire, qui entraîne l'écriture, et la structure du texte aussi. C'est ce qui s'est passé quand j'ai écrit *La honte*, et qui est même notifié, analysé, à l'intérieur du texte : je viens de faire le récit d'une scène traumatisante entre mes parents, datant de mes douze ans, et pour saisir la réalité de la honte indicible subie, je suis obligée — c'est-à-dire que toute autre possibilité me paraît fausse — de décrire les codes et les croyances de ce monde perdu. Écrire est devenu pour moi une sorte d'exploration totale. Dans ces conditions, la question du genre ne m'intéresse pas, je ne me la pose pas.

Je ne pourrais pas dire vraiment que je cherche à rénover la forme du récit, je cherche plutôt à trouver la forme qui convient à ce que je vois devant moi comme une nébuleuse — la chose à écrire —, et cette forme n'est jamais donnée par avance.

Chercher des formes nouvelles

Mais votre avancée dans une autre forme d'écriture
rend-elle impossible tout retour à la forme du roman ?
Éprouvez-vous, comme c'est mon cas, la caducité de
la forme romanesque après qu'elle a été menée à ses
limites au XXᵉ siècle ?

Faut-il se déterminer toujours par rapport au
«roman»? Ce qu'on appelle roman ne fait plus
partie de mon horizon. Il me semble que cette
forme a moins de véritable action sur l'imaginaire
et la vie des gens (il ne faut pas confondre effet
médiatique et effet de lecture, même s'ils semblent
se confondre dans l'instant). Les prix littéraires
continuent de consacrer le roman à tour de bras
— ce qui est moins une preuve de sa vitalité que de
son caractère institutionnalisé — mais quelque
chose d'autre est en train de s'élaborer, qui est à la
fois en rupture et en continuité avec des œuvres
majeures de la première moitié du XXᵉ, celle de
Proust, de Céline, les textes surréalistes. Je tiens
Nadja pour le premier texte de notre modernité.

Dans les manuels de littérature, dans les sujets de bac ou de CAPES de lettres, on fait comme si « le roman » avait une essence, on demande de disserter dessus « à l'aide d'exemples ». Dans les propos courants sur les livres, le mot « roman » circule avec un sens de plus en plus étendu. Il y a des défenseurs hystériques de la « fiction ». Mais au bout du compte, le label, le genre n'ont aucune importance, on le sait bien. Il y a seulement des livres qui bouleversent, ouvrent des pensées, des rêves ou des désirs, accompagnent, donnent envie d'écrire soi-même parfois. *Les Confessions* de Rousseau, *Madame Bovary*, *À la recherche du temps perdu*, *Nadja*, *Le Procès* de Kafka, *Les Choses* de Perec, ont perdu depuis longtemps leur étiquette, si tant est qu'ils en aient eu une.

« J'ai été amenée, dites-vous, à chercher des formes nouvelles, surtout à partir de La place. *» Nous avons déjà abordé la question du « genre », mais permettez-moi d'y revenir, car elle concerne à la fois vos livres déjà écrits et ceux que vous projetez, et ce phénomène est en outre à mon sens l'un des aspects de votre travail qui rendent celui-ci novateur : vous avez dépassé le roman, l'autofiction, et même le genre autobiographique traditionnel. Pourrait-on dire que votre recherche actuelle est comparable à un travail entomologique ou une étude sous microscope, et dans ce cas quelle en serait la matière privilégiée ? Envisagez-vous la suite de votre entreprise comme un*

« creusement » du passé, l'agrandissement de certaines scènes, comme nous en trouvons déjà dans ceux de vos livres où des scènes de la mémoire recoupent celles de livres précédents ? Ou bien votre projet pourrait-il s'infléchir et prendre pour objet le présent et le passé immédiat, comme vous le faites dans L'occupation *?*

La question des formes (je préfère cela au «genre», qui est une méthode de classification à laquelle je souhaite échapper) est centrale pour moi mais inséparable de la matière. Quelquefois, la forme vient presque naturellement avec le sujet, il n'y a pas vraiment de recherche. Ce fut le cas de *Passion simple* et tout récemment de *L'occupation*, en partie de *Journal du dehors*. En revanche, il m'a fallu plus de temps, de tâtonnements, pour *La place*, *La honte*. Très souvent, il y a restriction de la matière initiale (d'où votre sentiment d'un agrandissement de scènes, de «creusement») et dans le même mouvement découverte de la structure, de la forme en général, c'est vrai pour *L'événement*, pour *La place*, *La honte* (au départ, exercice de mémoire de l'année 1952 dans sa totalité). Au fond, je reste dans la certitude de Flaubert, pour qui «chaque œuvre à faire porte sa poétique en soi, qu'il faut trouver». Quand je ne trouve pas assez vite, je passe à autre chose, mais je reviens toujours au projet abandonné, quitte à le modifier. Tout cela peut vous paraître flou (mais je suis réellement dans le flou jusqu'à ce que je sois bien engagée dans un texte, portée par l'écriture déjà réalisée).

Passion simple, *L'occupation*, mais aussi *Une femme* ont été des textes où l'écart de temps entre la vie et l'écriture a été très étroit, mais il existe cependant, de quelques semaines à quelques mois. Ces trois textes sont «doublés» par un journal qui, lui, est la saisie du vécu dans l'instant, quelque chose comme l'effort pour «se souvenir du présent», selon le vœu de Jules Renard, qui écrit dans son journal, «le vrai bonheur serait de se souvenir du présent».

Pour la question sur la matière, passé ou présent, je dirais que je suis dans un passé qui arriverait jusqu'au présent, donc quelque chose relevant de l'histoire, mais en évacuant tout récit. (Je ne peux rien dire d'autre là-dessus, ces deux aspects relevant pour le moment de mes grandes difficultés !)

Quant à la «matière» de ces formes nouvelles et diverses que vous trouvez pour chaque livre, ou que leur matière vous impose, vous disiez dans Une femme *votre volonté d'écrire «quelque chose entre la littérature, la sociologie et l'histoire»; qu'en est-il de la psychologie, et quel est votre rapport avec la psychanalyse ? L'écriture en tient-elle lieu, pour vous ?*

Écrire quelque chose «entre la littérature, la sociologie et l'histoire», ce souhait d'il y a quinze ans, reste toujours l'essentiel de ma visée, même si quelques textes — trois seulement — s'en écartent.

La psychanalyse, sans doute parce que justement mes zones d'ombre personnelles ne m'intéressent pas trop, m'a toujours été indifférente. Que me feraient des révélations ponctuelles ? Et surtout qu'en ferais-je ? Je veux dire, qu'en ferais-je dans l'écriture ? Que des lecteurs expriment souvent leur croyance qu'écrire revienne au même qu'une psychanalyse, surtout s'il s'agit d'une écriture autobiographique, me paraît participer d'une espérance et d'un malentendu. Espérance de se libérer tout seul de ses problèmes, de son mal de vivre, et en même temps obtenir la reconnaissance des autres, le gros lot psychico-symbolique. Malentendu, parce que c'est croire que l'écriture *n'est que* la recherche de choses enfouies, qu'elle ressemble au processus de la cure psychanalytique. Il me semble qu'en écrivant, je me projette dans le monde, au-delà des apparences, par un travail où tout mon savoir, ma culture aussi, ma mémoire, etc., sont engagés et qui aboutit à un texte, donc aux autres, en quelque nombre qu'ils soient, ce n'est pas la question. C'est tout le contraire d'un «travail sur soi». Si j'ai à me guérir de quelque chose, cela ne passe pour moi que par le travail sur le langage, et sur la transmission, le don aux autres d'un texte, qu'ils le prennent ou le refusent.

Mais, bien entendu, je ne récuse en aucune façon l'apport de la psychanalyse à la connaissance humaine — il est immense — ni son usage dans l'approche de la littérature. Mais il y a quelquefois un côté flic, désespérant — tout ça pour ça, et en plus je le sais ! — dans cette volonté de débusquer à toute force les composantes psychiques de l'auteur, de traquer les aveux du texte comme ceux d'un accusé. Il y a quelques années, un psychanalyste régulièrement consulté dans les médias avait trouvé dans *La honte* une erreur de ponctuation — un point à la place d'une virgule — et échafaudé sur cette erreur, où il voyait un « aveu muet », la trace inconsciente d'un bouleversement, sa brillante interprétation qui, sans surprise, avait trait à l'œdipe. Sauf qu'il avait très mal lu, pas vu la construction stylistique, et qu'il n'y avait aucune erreur de ponctuation... En clair, il avait préféré m'attribuer une faute de syntaxe plutôt que de s'interroger sur la validité de sa thèse. Il y a des moments où je pense comme Adorno, qui dit dans les *Minima Moralia* que la psychanalyse transforme en banalités conventionnelles les secrets douloureux de l'existence individuelle.

Un don reversé

Une sorte de «culpabilité», celle d'avoir changé de classe sociale, est souvent réitérée dans vos livres ; est-elle aujourd'hui proportionnelle au succès, au statut et à la stature que vous avez acquis comme écrivain ? Comment vous arrangez-vous de ce succès ?

Jean Genet dit quelque chose comme «la culpabilité est un formidable moteur d'écriture» et ce n'est pas pour rien que j'ai mis en exergue une phrase de lui justement, au début de *La place*. Je crois que cette culpabilité est définitive et que, si elle est à la base de mon écriture, c'est aussi l'écriture qui m'en délivre le plus. L'image du «don reversé» à la fin de *Passion simple* vaut pour tout ce que j'écris. J'ai l'impression que l'écriture est ce que je peux faire de mieux, dans mon cas, dans ma situation de transfuge, comme acte politique et comme «don».

Le moment où j'ai éprouvé le plus de culpabilité, c'est dans les premières années de mon mariage, quand j'ai quitté complètement mon milieu, en allant vivre en Haute-Savoie, en devenant prof et en me voyant vivre comme la bourgeoisie culturelle. C'était un peu avant 1968. Je ne m'aimais pas, je n'aimais pas ma vie. Mon père venait de mourir. Au lycée de Bonneville, je voyais avec clarté les différences entre les élèves, de langage, d'aisance, et de réussite évidemment, liées à leur origine sociale. Dans certaines filles, c'était moi que je retrouvais, les bonnes notes et la gaucherie, une espèce de rétractation vis-à-vis des profs, parce qu'on n'appartient pas au même monde. Écrire a pris, dès 1967, la perspective d'un dévoilement de tout cela à travers mon histoire.

Cela dit, j'ai conscience que le sentiment de culpabilité n'est pas simple, pas réductible au passage d'une classe sociale dans une autre. Je dirais qu'il est fait, en ce qui me concerne, de social, de familial, de sexuel et de religieux, en raison d'une enfance très catholique. Tout cela me devient clair, sans le rechercher, sans y accorder beaucoup d'intérêt, même. Ce qui compte, c'est l'intentionnalité d'un texte, qui n'est pas dans la recherche du moi ou de ce qui me fait écrire, mais dans une immersion dans la réalité supposant la perte du moi — laquelle, certes, est à mettre en relation avec le social, le sexuel, etc. ! — et une fusion dans le « on », le « nous ».

Je m'aperçois que je n'ai pas répondu à la question « Comment vous arrangez-vous avec le succès ? ». Je crois que je « m'arrange » en me sentant encore plus redevable de donner d'autres textes, d'écrire toujours, alors qu'en réalité, je le ferais de toute façon... Quant à l'argent que me rapportent mes livres — de façon inégale, à vrai dire — j'ai tendance à le voir comme un luxe, un gros lot immérité, simplement parce qu'il s'est toujours surajouté à mon traitement de prof et me permet donc de vivre plus largement que je ne l'aurais fait en travaillant seulement dans l'enseignement. Or, il m'a été difficile, souvent douloureux, de mener de front l'enseignement et l'écriture, je ne devrais donc pas penser ainsi. Mais ce qu'il y a au fond de cette attitude, c'est l'impossibilité tenace en moi d'établir une relation entre le prix d'un livre, l'argent que représentent les exemplaires vendus et ce qu'il m'a *coûté*. Par rapport à ce que j'ai fait, c'est toujours à la fois trop et pas assez. Il n'y a pas de juste prix.

Transfuge

Si vous en êtes d'accord, parlons de politique, un thème souvent considéré presque indécent en « art », et effectivement assez brûlant (autant que l'argent ou la sexualité, disait Butor en 1973). Vous donnez des textes à la presse de gauche (Europe, L'humanité, L'autre journal), vous m'avez dit que vous alliez voter extrême gauche aux présidentielles. Comment êtes-vous venue à une conscience politique ? Le milieu ouvrier et petit commerçant dont vous provenez n'est pas forcément sensible aux questions politiques, pas plus que la bourgeoisie d'ailleurs !

Vous voulez dire une conscience politique de gauche. La différence essentielle entre la gauche et la droite, c'est que la première ne prend pas son parti des inégalités des conditions d'existence entre les peuples de la terre, entre les classes, j'y ajouterai entre les hommes et les femmes. Être de gauche, c'est croire que l'État peut quelque chose pour rendre l'individu plus heureux, plus libre, plus éduqué, que ce n'est pas seulement affaire de volonté personnelle. Au fond de la vision de droite, on trouve toujours une acceptation de l'inégalité, de la loi du plus fort et de la sélection naturelle, tout ce qui est à l'œuvre dans le libéralisme économique déferlant sur le monde actuel. Et présenter, comme on le fait partout, le libéralisme comme une fatalité, est une attitude, un discours, foncièrement de droite. En choisissant le libéralisme à partir du milieu des années quatre-vingt, la gauche gouvernementale française s'est droitisée, elle a perdu sa conscience de la réalité du monde social.

C'est de cette réalité-là, des différences économiques, culturelles, qu'il me semble avoir eu connaissance très tôt. Vous avez raison de dire que le milieu petit commerçant est peu politisé, vote plutôt à droite. Très souvent, j'ai entendu mes parents affirmer comme un principe intangible, «Pas de politique dans le commerce!» Exprimer des opinions politiques aurait été nuire à leurs intérêts. Le milieu ouvrier était, lui, assez fortement politisé, mais plus modérément dans la petite ville que j'habitais, où il n'y avait que de petites usines, des entreprises employant deux ou trois personnes, des ateliers de couture avec des jeunes filles sorties de l'école à quatorze ans, plus soucieuses de garçons et de distractions — et que je les enviais là-dessus! — que de politique. Bref, je n'ai jamais baigné dans un *discours politique* au sens étroit du terme, jamais assisté, comme d'autres, à des réunions de parti. Mais, et c'est un point capital, j'ai été totalement, jusqu'à dix-huit ans, immergée dans la réalité sociale au quotidien, sur le plan économique, culturel, alimentaire. « Dis-moi ce que tu manges, je te dirai qui tu es », le mot de Marx, je ne l'ai jamais lu ni entendu dans ma jeunesse, mais il était évident pour moi, je voyais ce que les clientes achetaient à ma mère dans l'épicerie, d'après leur porte-monnaie. Je n'ignorais rien du jour où une telle « touchait » les allocations. Dire « je n'ignorais rien » est inexact, cela était pour moi le monde comme il vous façonne, il n'était pas besoin d'écouter pour savoir. Les mots du travail, l'embauche et la débauche, « mettre à pied », etc., ont naturellement fait partie de mon vocabulaire. Je les entendais dans le café, à côté de l'épicerie. Dans ces deux lieux publics — nous n'avions pratiquement aucune intimité familiale — j'ai évolué au milieu des différentes formes de la réalité sociale, misère aussi. Je pense aux hommes ivres, dont j'imaginais alors le retour à la maison, dans cet état, devant leurs enfants qui avaient mon âge, c'était trop terrible, trop injuste.

Mes parents avaient eux-mêmes été ouvriers, ils avaient de grandes difficultés à « y arriver » (ils comptaient tous les jours la recette, avec angoisse…), ne fermaient jamais leur commerce, trimaient comme des fous. Apparemment, ils faisaient partie d'une petite classe moyenne, mais ils étaient profondément du côté mi-prolétaire mi-paysan. Entre eux, ils parlaient normand.

Leur mémoire, comme celle de toute ma famille, était celle de la pauvreté, de l'école quittée à douze ans, de l'usine, du Front populaire, dont je ne les ai jamais entendus parler qu'avec une grave émotion. Ils ne manifestaient jamais aucun mépris, en privé ou en public, vis-à-vis de leurs clients les plus défavorisés. Ma mère était une femme orgueilleuse — quand elle était ouvrière, un contremaître lui avait dit «elle se croit sortie de la cuisse de Jupiter, celle-là !» —, révoltée, ne supportant pas la «haute», arrogante, de la ville. Mon ex-mari disait qu'il l'aurait bien vue en tricoteuse de la Révolution. Une femme toujours prête, aussi, à rendre service, à s'occuper des malades et des vieux du quartier, très généreuse, comme si elle se sentait redevable de s'en être «sortie» mieux que les autres. Un mélange de catholicisme en acte, sincère, hors de tout embrigadement, et de violent désir de justice.

Mais c'est sans doute au travers de la fréquentation de l'école privée — jusqu'en classe de première — que j'ai découvert bientôt dans la honte et l'humiliation qui me frappaient, à une époque où l'on ne peut que ressentir, non penser clairement, les différences entre les élèves. Différences qu'on ne relie pas, d'abord, à l'origine sociale explicitement, à l'argent et à la culture dont disposent les parents, et qu'on vit sur le mode de l'indignité personnelle, de l'infériorité et de la solitude. La réussite scolaire elle-même, dans ce cas, n'est pas vécue comme une victoire, mais une chance précaire, bizarre, une espèce d'anomalie, on est de toute façon dans un monde qui ne vous appartient pas. Comme enfant vivant dans un milieu dominé, j'ai eu une *expérience* précoce et continue de la réalité des luttes de classes. Bourdieu évoque quelque part « l'excès de mémoire du stigmatisé », une mémoire indélébile. Je l'ai pour toujours. C'est elle qui est à l'œuvre dans mon regard sur les gens, dans *Journal du dehors* et *La vie extérieure*.

Cet ancrage à gauche, né de votre prise de conscience de la lutte des classes, participe-t-il aussi des mots d'ordre souvent cités de Marx, Rimbaud, Breton (donc acquis, je suppose, à l'université), « Changer la vie », « Transformer le monde », et ce double désir serait-il aussi la visée essentielle de votre œuvre prise dans son ensemble, dans son « projet » ?

Il n'y a pas passage automatique de l'expérience sociale, ni de la conscience sociale d'ailleurs, à la conscience politique. Il me semble même que les trois ne se sont pas rejointes en moi avant l'année de terminale, au lycée de Rouen, sous l'influence d'une professeure remarquable, Mme Berthier. Devant une classe hyperbourgeoise à quelques exceptions près, elle déclarait froidement qu'à notre place il devrait y avoir des filles qui, au même moment, se trouvaient en BEP ou en centre d'apprentissage. On était en 1958-1959, en pleine guerre d'Algérie, et elle avait mis en œuvre la prise en charge par toute la classe d'une famille nombreuse algérienne vivant dans un baraquement. C'est cette année-là que j'ai découvert le marxisme et l'existentialisme, *Le Deuxième Sexe* de Simone de Beauvoir.

Ce qu'on se représente sans doute assez mal aujourd'hui, c'est combien, malgré la rareté de la télévision — mais une plus grande lecture des journaux —, la politique est alors présente dans les conversations, combien les opinions politiques sont défendues avec virulence, violence. Quand j'entre à la fac de lettres, en 1960, qu'on ne voit pas la fin des « événements d'Algérie », qu'il existe des groupuscules favorables à l'OAS, l'apolitisme est impossible. Sans militer, je suis proche du PSU. En 1962, je vote pour la première fois et je vote contre l'élection du président de la République au suffrage universel, conformément à la position de Mendès France, dans *La République moderne* (la dernière élection, de 2002, prouve qu'il n'avait pas tort).

Mais votre rapport au politique passe-t-il aussi par la littérature, le Surréalisme en particulier ? Qu'avez-vous conservé (pour votre œuvre, j'entends) de votre étude et de votre choix d'étudier le « mouvement » surréaliste ?

J'ai découvert le Surréalisme au travers du livre de Maurice Nadeau, *Histoire du Surréalisme*, quand j'étais étudiante, en 1961-1962, avec un énorme enthousiasme. C'est l'idée d'une révolution totale, dans la vie et la littérature, dans l'art, qui m'a d'emblée exaltée, le refus des idéologies conservatrices et la violence avec laquelle Aragon, Breton, Buñuel et Dalí, etc., pronaient la liberté sexuelle, attaquaient concrètement les symboles du capitalisme, du colonialisme, de la religion, de la littérature officielle, Claudel, Anatole France. Cette «barbarie» tranchait avec la bienpensance des années soixante. À cette époque, on trouvait difficilement les textes surréalistes, en dehors de la collection «Poètes d'aujourd'hui», chez Seghers, et j'ai dû attendre l'été 1963 pour lire les *Manifestes du Surréalisme*, parus dans la collection «Idées». C'est avec ce livre et le *Manifeste du parti communiste* de Marx que je suis partie en vacances. Bien entendu, j'ai fait mienne instantanément la formule de Breton : «*Changer la vie*, a dit Rimbaud, *Transformer le monde*, a dit Marx, ces deux mots d'ordre pour nous n'en font qu'un.» L'empreinte des *Manifestes* était si forte sur moi que j'ai choisi de faire mon diplôme d'études supérieures, l'actuelle maîtrise, sur le Surréalisme.

En ce qui concerne mon travail, le refus surréaliste du roman a renforcé le mien. D'une manière générale, c'est la liberté formelle et la volonté d'agir sur la représentation du monde par le langage, beaucoup plus que des «modèles» de textes (même si *Nadja* m'envoûte toujours), que je retiens du Surréalisme. Breton souhaite écrire des livres qui «jettent les gens dans la rue». *Nadja* m'a jetée dans la rue. Tout cela, cette liberté, cette quête sont au fond de mon écriture, bien que je n'aie rien de commun avec le lyrisme et la poésie surréalistes. Occasion pour moi d'avancer que, ce qui compte, dans les livres, c'est ce qu'ils font advenir en soi et hors de soi.

Votre position à l'égard du politique est intrigante, à la fois claire, déterminée, éclectique, et en retrait (comme vous l'êtes du monde littéraire). Votre appartenance à une sensibilité «de gauche», voire d'extrême gauche, n'entraîne pas à ma connaissance (mais je peux me tromper, vivant loin) un engagement explicite, militant, de type sartrien (pétitions, etc.), quoique cette sensibilité aux choses politiques apparaisse implicitement dans vos livres. Vous m'avez d'ailleurs dit l'autre jour: «J'ai l'impression que l'écriture est ce que je peux faire de mieux, dans mon cas, dans ma situation de transfuge, comme acte politique et comme "don".» De même que je l'avançais à propos de la psychanalyse, pourrait-on dire que l'écriture en tient lieu, remplace l'engagement?

Si l'on parle en termes de *visibilité* d'engagement politique, de prises de position appuyées par la publication d'articles dans *Le Monde*, votre impression est sans doute juste. Mais vous n'êtes pas le seul à savoir que je me situe plutôt à l'extrême gauche! En réalité, si je n'ai jamais fait de la politique à l'intérieur d'un parti, j'ai soutenu et je soutiens toujours des actions politiques en signant des pétitions, en participant à des actions, pour la régularisation de tous les sans-papiers, par exemple, avec parrainage d'immigrés clandestins. Dans les années soixante-dix, j'ai adhéré au mouvement Choisir de Gisèle Halimi, puis au MLAC (Mouvement pour la liberté de l'avortement et de la contraception), ce qui concerne les femmes est bien entendu politique. Au début de cette année, en écrivant dans *Le Monde* un texte, un hommage, à Pierre Bourdieu, à mon sens le plus grand intellectuel des cinquante dernières années, et intellectuel réellement engagé — je veux dire, pas de façon médiatique —, il m'a semblé faire acte politique.

Oui, j'ai dit l'autre jour qu'écrire était ce que je pouvais faire de mieux comme acte politique, eu égard à ma situation de transfuge de classe. Mais je ne voulais pas signifier par là que mes livres remplacent l'engagement, ni même qu'ils sont la forme de mon engagement. Écrire *est*, selon moi, une activité politique, c'est-à-dire qui peut contribuer au dévoilement et au changement du monde ou au contraire conforter l'ordre social, moral, existant. Ce qui m'a toujours frappée, c'est la persistance, tant parmi les écrivains et les critiques que le public, de cette certitude : la littérature n'a rien à voir avec la politique, elle est activité purement esthétique, mettant en jeu l'imaginaire de l'écrivain, lequel — par quel miracle, quelle grâce ? — échapperait à toute détermination sociale alors que son voisin de palier serait classé dans la classe moyenne ou supérieure.

« Toujours » frappée, j'exagère, car j'ai partagé aussi cette croyance pendant mes années d'études littéraires et lorsque j'ai commencé d'écrire, à vingt ans, j'avais une vision solipsiste, antisociale, apolitique, de l'écriture. Il faut savoir qu'au début des années soixante, l'accent était mis sur l'aspect formel, la découverte de nouvelles techniques romanesques. Écrire avait donc pour moi le sens de faire quelque chose de beau, de nouveau, me procurant et procurant aux autres une jouissance supérieure à celle de la vie, mais ne servant rigoureusement à rien. Et le beau s'identifiait à « loin », très loin du réel qui avait été le mien, il ne pouvait naître que de situations inventées, de sentiments et de sensations détachés, débarrassés d'un contexte matériel. C'est une période que j'ai appelée ensuite celle de « la tache de lumière sur le mur », dans laquelle l'idéal consistait pour moi à exprimer dans la totalité d'un roman cette sensation que donne la contemplation d'une trace de soleil le soir sur le mur d'une chambre. Je n'y suis sans doute pas parvenue puisque ce premier texte — que j'avais d'ailleurs intitulé *Du soleil à cinq heures* — n'a pas trouvé d'éditeur !

Ultérieurement, je n'ai pas eu, d'un seul coup, à un moment donné, la révélation de la fonction politique de l'écriture, ni le désir d'écrire pour faire acte politique comme on prendrait la décision de s'inscrire à un parti, ou d'aller à une manif. Non, c'est progressivement, par des voies difficiles, douloureuses même, sur le plan de la vie et de la connaissance que j'arriverai à cette évidence. Toutes ces explications peuvent paraître longues, mais comme vous avez pu le remarquer, je ne peux pas dire les choses sans raconter par quel processus elles sont arrivées, tout — les êtres, moi, mes idées — me paraît, est, *histoire*. Durant quatre ans, de vingt-trois à vingt-sept ans, je n'ai pas écrit. Il y a eu, en quelque sorte, au travers des événements de ma vie — un avortement clandestin, le déracinement géographique, l'entrée dans le monde du travail, l'enseignement à plein temps, la naissance d'enfants, la mort d'un père —, une confrontation entre le réel et la littérature qui a bouleversé ma vision, ma conception de l'écriture. Pour schématiser, la prise de conscience de la réalité du fonctionnement des classes sociales, de ma situation de transfuge, du rôle déréalisant de la culture, de la littérature en ce qui me concernait, a modifié complètement mon désir : je ne voulais plus faire quelque chose de beau d'abord, mais d'abord de réel, et l'écriture était ce travail de mise au jour de la réalité : celle du milieu populaire d'enfance, de l'acculturation qui est aussi déchirure d'avec le monde d'origine, de la sexualité féminine. Et sans que j'aie eu besoin de me le dire tout haut un seul instant, il allait de soi que mon entreprise en écrivant *Les armoires vides* me paraissait de nature politique autant que littéraire, à la fois dans le contenu et dans l'écriture, très violente, avec un lexique véhiculant les langages «illégitimes», une syntaxe de type populaire.

La culture du monde dominé

C'est avec *La place* que j'ai pris toute la mesure du caractère politique de l'écriture et de la gravité de ce qui est en jeu dans cette entreprise : moi, narratrice, venue du monde dominé, mais appartenant désormais au monde dominant, je me proposais d'écrire sur mon père et la culture du monde dominé. Le grand danger, je m'en suis aperçue, c'était de tomber dans le misérabilisme ou le populisme, donc d'échouer complètement à offrir la réalité, à la fois objective et subjective, de mon père et du monde dominé. Également de me situer du côté de ceux qui considèrent ce monde comme étranger, exotique, le monde « d'en bas » (comme le qualifient sans vergogne et sans guillemets les hommes politiques de la droite au pouvoir actuellement). De trahir deux fois ma classe d'origine : la première, qui n'était pas vraiment de ma responsabilité, par l'acculturation scolaire, et la seconde, consciemment, en me situant dans et par l'écriture du côté dominant. Barthes dit quelque part qu'écrire, c'est choisir « l'aire sociale au sein de laquelle l'écrivain décide de situer la Nature de son langage ».

C'est ce choix-là que j'ai perçu avec clarté et qui m'a menée à l'« écriture de la distance » dont nous avons déjà parlé et qui peut se définir aussi comme l'intrusion, l'irruption, de la vision des dominés dans la littérature, avec les outils linguistiques des dominants, notamment la syntaxe classique que j'adopte alors. Ainsi, le texte de *La place* véhicule le point de vue de mon père mais aussi de toute une classe sociale ouvrière et paysanne au travers des mots enchâssés dans la trame du récit. Il y a aussi dedans un « pointage » du rôle hiérarchisant du langage auquel on ne prête généralement pas attention, par l'utilisation de guillemets : « les gens simples », « milieu modeste », etc.

Dans d'autres textes, comme *Passion simple*, *L'événement*, *L'occupation* même, l'écriture est politique dans la mesure où il s'agit de la recherche et du dévoilement rigoureux de ce qui a appartenu à l'expérience réelle d'une femme, et, par là, le regard des hommes sur les femmes, des femmes sur elles-mêmes, est susceptible de changer. Il y a un aspect fondamental, qui a à voir énormément avec la politique, qui rend l'écriture plus ou moins « agissante », c'est *la valeur collective* du « je » autobiographique et des choses racontées. Je préfère cette expression, valeur collective, à « valeur universelle », car il n'y a rien d'universel. La valeur collective du « je », du monde du texte, c'est le dépassement de la singularité de l'expérience, des limites de la conscience individuelle qui sont les nôtres dans la vie, c'est la possibilité pour le lecteur de s'approprier le texte, de se poser des questions ou de se libérer. Cela passe, naturellement, beaucoup par l'émotion de la lecture, mais je dirais qu'il y a des émotions plus politiques que d'autres...

Je m'aperçois qu'à propos de la politique, j'ai été plus longue que sur aucun autre sujet, et je pourrais l'être plus encore. Parce que les différents aspects de mon travail, de mon écriture ne peuvent pas être dépouillés de cette dimension politique : qu'il s'agisse du refus de la fiction et de l'autofiction, de la vision de l'écriture comme recherche du réel, une écriture se situant, au risque de me répéter, « entre la littérature, la sociologie et l'histoire ». Ou encore le désir de bouleverser les hiérarchies littéraires et sociales en écrivant de manière identique sur des « objets » considérés comme indignes de la littérature, par exemple les supermarchés, le RER, l'avortement, et sur d'autres, plus « nobles », comme les mécanismes de mémoire, la sensation du temps, etc., et en les associant. Par-dessus tout, la certitude que la littérature, quand elle est connaissance, qu'elle va jusqu'au bout d'une recherche, est libératrice.

C'est le sens que je retiens, hors de tout contexte religieux, de l'exhortation de Jésus-Christ aux pharisiens : « La vérité vous rendra libres. »

La connaissance et l'explication
du monde

Vous êtes une lectrice extrêmement attentive, précise, et je trouve très éclairante votre appréhension des textes, ceux des autres et les vôtres. Hormis les Surréalistes et les écrivains du Nouveau Roman que vous citez, quels ont été les auteurs anciens qui vous ont conduite à forger cette écriture précise, « coupante » comme vous le dites, qui caractérise votre recherche de la vérité ? Montaigne peut-être ? Rousseau ?

Je voudrais commencer par le début, par ce qu'a été longtemps la lecture pour moi, dans l'enfance et l'adolescence, au-delà même, et qui a progressivement cessé quand je me suis moi-même mise à écrire. Elle a été une autre vie dans laquelle j'évoluais des heures entières, hors du livre, étant tour à tour Oliver Twist, Scarlett O'Hara, toutes les héroïnes des feuilletons que je lisais. Puis elle a été la connaissance et l'explication du monde, du moi. Relisant l'an passé *Jane Eyre* que je n'avais pas lu depuis l'âge de douze ans, et dans une édition abrégée, j'ai eu l'impression troublante de «me relire», de moins relire une histoire que de retrouver quelque chose qui a été déposé en moi par cette voix du livre, par le «je» de la narratrice, quelque chose qui m'a faite. J'ai pensé le monde au travers du texte entier de *Jane Eyre*, alors que j'étais persuadée de n'avoir été que captivée, touchée par l'histoire de Jane enfant, dans la pension de l'infâme Blackhurst. L'empreinte des livres sur mon imaginaire, sur l'acquisition, évidemment, du langage écrit, sur mes désirs, mes valeurs, ma sexualité, me paraît immense. J'ai vraiment tout cherché dans la lecture. Et puis, l'écriture a pris le relais, remplissant ma vie, devenant le lieu de la recherche de la réalité que je plaçais autrefois dans les livres.

J'ai lu énormément, sans distinction, Delly, Élisabeth Barbier et ses *Gens de Mogador*, Cronin, Daniel Gray — à côté des *Hauts de Hurlevent*, des *Fleurs du mal*. À ce propos, il y a quelque chose qui me frappe, c'est que les textes dont je reconnaîtrai plus tard la beauté, la force, ne sont pas les seuls qui aient joué un rôle dans la formation de mon être, dans mes représentations adolescentes. Peut-être même n'ont-ils pas eu — sauf quand il y avait un bouleversement, comme avec *La Nausée, Les Raisins de la colère* — l'influence qu'ont eue des romans, illisibles pour moi maintenant, sauf au second degré, et dont je n'ai même plus le souvenir. C'est le refoulé de la lecture. J'ai lu par ailleurs dans un contexte qui fut longtemps celui de la rareté, livres chers, école privée religieuse exerçant un contrôle inouï sur la lecture, que j'évoque dans *La honte*, bibliothèque municipale à l'accueil hautain. D'où j'ai lu tout ce qui me tombait sous la main, avec une appétence difficile à imaginer aujourd'hui, une convoitise décuplée par l'interdit (*La Maison Tellier, Une vie*, de Maupassant, que lisait ma mère quand j'avais douze ans). Surtout par la difficulté d'accéder aux livres. Ainsi, je me souviens d'avoir lu *Le Père Goriot* et *Notre-Dame de Paris* en classiques Hatier, faute de pouvoir me procurer l'édition complète, à quinze ans. Cette lecture «trouée», de textes à la fois dévoilés et cachés, me laissait dans le bonheur et l'inassouvissement. Dans ce même petit classique du *Père Goriot*, ayant vu figurer dans la liste des œuvres de Balzac *La Recherche de l'absolu*, j'ai eu une folle envie de lire ce livre : il n'existait pas en classique... Je ne lirai finalement *La Recherche de l'absolu* qu'à vingt ans, quand je serai étudiante, je serai très déçue d'ailleurs, par rapport à mon attente ancienne.

Bien entendu, je ne m'intéressais pas à l'écriture elle-même. Je n'ai absolument pas dissocié le fond de la forme, jusqu'à ce que j'entreprenne des études littéraires. À une époque, j'aime autant Sartre que Steinbeck, Flaubert. Plus tard, Breton, Virginia Woolf, Perec. Et il me semble, même encore maintenant, que c'est moins le type d'écriture qui m'intéresse, qui me marque, que le projet qu'elle veut réaliser, qui se réalise à travers elle. Si ce projet m'est étranger, rien n'y fait, ainsi de Gracq, qui ne me touche pas, et de Duras, dans une moindre mesure.

La lecture est-elle pour vous prolongement ou moteur de l'écriture (ou vice versa) ?

Mon premier réflexe a été de vous répondre non. Puis, en réfléchissant, j'ajouterai, «plus maintenant». Car la lecture a joué un rôle incitatif très fort à une période de ma vie, exactement entre vingt et vingt-trois ans, quand j'envisage d'écrire, que je commence à écrire, que j'écris un drôle de texte, dont je vous ai parlé, qui sera refusé par Le Seuil. J'ai entrepris, à vingt ans, des études de lettres pour rester «dans la littérature» de toutes les façons, la connaître, l'enseigner pour vivre, et la pratiquer moi-même. D'où, deux types de lectures, celles qui sont nécessaires à l'obtention des examens — mais je m'y investis bien au-delà du nécessaire, notamment avec Flaubert — et la production contemporaine. Je m'abonne aux *Lettres françaises*, emprunte à la bibliothèque d'Yvetot, où j'ose pénétrer maintenant, *Les Gommes, Une curieuse solitude* de Sollers, Lawrence Durrell, très à la mode, etc. Avec du recul, je me rends compte à quel point je suis immergée — comme aucune étudiante de ma connaissance ne l'était — dans ce qui, à cette époque, m'apparaît comme un autre monde, supérieur absolument, celui des essences, auquel je veux accéder moi aussi en écrivant (même si je n'ai pas encore lu Proust — mais tout Flaubert et sa Correspondance).

Grand blanc ensuite, suspension à la fois dans la lecture et l'écriture, j'enseigne le français, de la sixième à la terminale technique, je n'ai pas beaucoup le temps de lire «pour moi», c'est-à-dire découvrir des auteurs contemporains ni même ceux, plus anciens, que je n'ai pas lus et que je n'utiliserai pas en classe. Mon désir d'écrire demeure, mais lointain. Il reprend brutalement, et avec un contenu, à la mort de mon père, nous avons parlé de tout cela. Je le réaliserai en 1972-1973 à la suite de différentes crises, prises de conscience, qui ne doivent rien à la littérature. Début 1972, j'en étais, dans mon existence, au point où mon projet d'écriture était devenu une question de survie, quelque chose à faire coûte que coûte. Avec l'orgueilleuse conscience que cela n'avait pas été fait avant moi. Parce que, ce que j'avais à dire — pour aller vite, le passage du monde dominé au monde dominant, par les études —, je ne l'avais jamais vu exprimé comme je le sentais. Et un livre m'autorisait, en quelque sorte, à entreprendre cette mise au jour. Un livre me poussait, comme aucun texte dit littéraire ne l'avait fait, à oser affronter cette «histoire», ce livre, c'était *Les Héritiers* de Bourdieu et Passeron, découvert au printemps. Je me souviens qu'un jour, en parcourant dans une librairie, à Annecy où j'habitais, des livres de poche pour l'approvisionnement de la bibliothèque du collège, je m'étais sentie coupable de ne pas réaliser mon projet, plus nécessaire à mes yeux que certains romans que j'étais en train de feuilleter. Si on ne croit pas cela, d'ailleurs, ce n'est pas la peine d'écrire. J'ai commencé *Les armoires vides* la même année.

Après la parution de ce livre, me trouvant projetée publiquement — même si c'était de façon restreinte, et loin de Paris — comme celle «qui écrit», envisageant de continuer d'écrire, je me suis mise à lire beaucoup plus, comme si je devais engager une sorte de dialogue avec les écrivains d'un passé récent et contemporains, me situer aussi peut-être, car je ne savais pas du tout ce qu'était mon livre. Ainsi, j'ai lu en entier l'œuvre de Céline, dont je ne connaissais que le *Voyage*, parce qu'on avait rapproché mon écriture de la sienne. J'ai découvert Malcolm Lowry, Salinger, Carson McCullers, dont j'ai tout lu avidement. Et des romanciers/ères français, plus contemporains, je me souviens par exemple d'avoir commencé de lire Roger Grenier, Inès Cagnati — avec ses beaux textes qui n'ont pas eu le public qu'ils méritaient, comme *Génie la folle* —, Jacques Borel... Ma façon de lire a beaucoup changé, est devenue plus critique, technique presque. J'ai une note à ce sujet, à propos de Proust et de la *Recherche* — mais je ne sais plus quand je l'ai rédigée, disons entre 1978 et 1982 —, où je remarque que j'avais lu celle-ci quinze ans auparavant de façon affective, purement sensible, sans chercher à considérer comment « c'était fait », alors que j'étais maintenant beaucoup plus sensible à l'architecture, par exemple.

Du Surréalisme et de Breton (vous avez cité Nadja, *on pourrait ajouter* L'Amour fou), *il me semble que vous êtes proche par votre « rejet » ou abandon du roman, mais très éloignée aussi par votre écriture au couteau, minérale, sans épanchement ni métaphores. (Vous notez, en 1984 : « Éviter, en écrivant, de me laisser aller à l'émotion », phrase qui définit bien votre projet.) Dans la marge du Surréalisme, on pourrait prendre aussi l'exemple de Leiris que vous citez, dont l'entreprise est sans doute proche, mais l'écriture éloignée de la vôtre, puisque son œuvre est traversée de méditations oniriques, loin de la description clinique de soi dans le monde.*

Il me semble difficile de démêler des influences très précises d'écrivains, du moins en ce qui concerne la phrase, ce qu'on nomme le style en général. Il serait aussi très important de savoir *contre* qui, contre quelle forme de littérature on écrit. C'est quelque chose qui a beaucoup compté, et longtemps, pour moi. Qui doit compter encore. D'autre part, je suis persuadée que la syntaxe, le rythme, le choix des mots correspondent à quelque chose de très profond, où se combinent les marques des apprentissages multiples (textes classiques étudiés pendant plusieurs années à l'école, découvertes successives, personnelles, d'auteurs) et ce qui n'appartient pas à la littérature, qui relève de l'histoire de celui qui écrit. En ce qui me concerne, la violence d'abord, exhibée, dans les premiers livres, puis retenue, comprimée à l'extrême, plonge dans mon enfance, je le sens. Je sais qu'il y a en moi la persistance d'une langue au code restreint, concrète, la langue originelle, dont je cherche à recréer la force au travers de la langue élaborée que j'ai acquise. Mon imaginaire des mots, je vous l'ai dit, c'est la pierre et le couteau.

En revanche, il y a des entreprises qui m'ont confortée dans ce que je cherche à faire, des entreprises diverses, celles des Surréalistes, de Leiris, de Simone de Beauvoir, de Perec. Parmi les contemporains, de Pascal Quignard, Jacques Roubaud, Serge Doubrovsky, Ferdinando Camon en Italie, entre autres. Dans le passé, Jean-Jacques Rousseau (le citant une nouvelle fois, je ne peux m'empêcher de dire à quel point je trouve admirable l'écriture proprement dite des *Rêveries du promeneur solitaire* et de maints passages des *Confessions*, son infinie transparence).

Avez-vous jamais eu le désir d'écrire des essais critiques sur les auteurs qui vous accompagnent ?

Il se trouve que, en 1977, je suis entrée au Centre national d'enseignement à distance et que j'ai été chargée de la rédaction de cours et de « corrigés » de littérature pour des étudiants de DEUG, plus tard de CAPES. Ce travail, que j'ai fait jusqu'en 2000, m'obligeait à aborder les textes d'écrivains de façon rigoureuse, à écrire sur eux de façon impersonnelle dans la forme. C'était à la fois difficile et passionnant. Difficile, parce qu'il ne s'agissait pas de produire un discours impressionniste, affectif. L'admiration que je pouvais porter à tel ou tel écrivain — je pense à Rousseau, Proust —, à certains textes — comme *Nadja* de Breton, que j'ai eu à traiter —, ne pouvait passer qu'au travers de l'analyse et d'un investissement intellectuel nourri d'une méthodologie critique. Passionnant, parce que, dans ce travail, je ne cessais pas, évidemment, d'être quelqu'un qui écrit, qui dialogue sans même y penser avec les textes et aussi les critiques. Je parle ici non de la critique d'accueil, d'humeur, des journaux, mais de la critique qui cherche à comprendre comment et pourquoi une œuvre est ce qu'elle est, par exemple, Blanchot, Barthes, Goldmann, Starobinski, Butor, qui n'est pas seulement un romancier important, etc. Toutes les théories littéraires m'ont intéressée, que ce soit celle de Jauss sur la réception, de Genette. Je n'ai jamais eu le sentiment que ce savoir enlevait quoi que ce soit à l'œuvre, « desséchait » mon goût du texte, et j'y ai gagné, dans mon écriture, une forme de liberté, de distanciation par rapport aux discours habituels, sur ce qu'est ou n'est pas la littérature, à l'espèce de terrorisme qu'exercent certains essais comme *L'Art du roman* de Kundera, ou d'autres, proposant une vision dévotieuse de la littérature. Mais, du coup, je n'avais plus ni le temps ni l'envie d'écrire, je dirais de façon libre, personnelle, sur des écrivains. Il me semble que je ne l'ai fait que trois fois, à propos de Valery Larbaud, de Pavese — dans la revue *Roman* aujourd'hui disparue —, sur Paul Nizan dans *Europe*. J'ai avec ces deux derniers un sentiment de proximité, de fraternité, même. Je voudrais que tout le monde ait lu *Aden-Arabie, Les Chiens de garde* de Nizan, *Le Bel Été* et le Journal de Pavese.

Envisageriez-vous de reprendre dans des volumes ces textes parus dans des périodiques ? Ou d'écrire, comme l'a fait Michel Butor par exemple, des essais sur d'autres thèmes ?

Ah ! non, je n'ai pas envie de faire une « compil » de mes textes publiés çà et là... Et je n'ai pas de goût réel pour l'essai, littéraire ou non. Je ne conçois celui-ci que sous une forme très profonde, rigoureuse, à la façon de Butor dans ses *Répertoires*, de Blanchot, mais il s'agit alors d'une immersion telle que cela ne se différencie pas beaucoup, du point de vue de l'engagement littéraire, de ce qu'on nomme fiction au sens le plus large, autobiographie incluse. Je crois que je n'ai pas cette générosité-là, que d'autres le font mieux que je ne serais capable de le faire.

Cela dit, j'écris parfois, spontanément, sur un livre que je viens de lire, un écrivain. Juste pour moi, par plaisir, interrogation, colère.

*

Je comprends l'éloignement que vous éprouvez par rapport au projet de Gracq (que j'aime, pour ma part, mais qui crée et semble vivre dans un autre monde, au XIXe plutôt qu'au XXe ou XXIe siècle, du moins dans ses romans) mais j'aimerais que vous me précisiez ce qui vous est étranger dans l'entreprise de Duras : est-ce l'étrangeté de son écriture, de sa syntaxe, de sa personnalité, ou de son projet lui-même ? À première vue, en effet, on pourrait estimer qu'il existe entre vos entreprises, malgré toutes leurs différences, certaines affinités : comme vous, elle a «osé» parler de son enfance, de sa sexualité, de ses amants, et prendre sa vie comme matière de ses livres…

J'ai toujours su que je n'écrirais pas comme Duras et j'avoue être un peu étonnée que vous me trouviez des affinités avec elle. Entre nous, est-ce que, à votre insu, vous n'obéiriez pas à cette tendance inconsciente, généralisée, qui fait qu'on compare spontanément, en premier lieu, une femme écrivain à d'autres femmes écrivains ? Symétriquement, il est plutôt rare qu'on compare un homme écrivain à une femme écrivain… Marguerite Duras fictionne sa vie, je m'attache au contraire au refus de toute fiction. Le traitement de l'espace et du temps est avant tout poétique chez elle et son écriture ressortit également à la poésie par l'incantation, la reprise, l'effusion. Nos écritures, par leur rythme, leur langage, diffèrent à l'extrême. Ce qui nous sépare peut-être le plus, c'est l'absence d'historicité et de réalisme social de ses textes. Cela dit, j'ai aimé énormément *Un barrage contre le Pacifique*. Et aussi *La Douleur*, *L'Homme assis dans le couloir*, *L'Après-Midi de monsieur Andesmas*.

Certes Duras est inégale, et aux antipodes de l'historicité. Mais comme Gracq, il me semble qu'elle se situe « dans la littérature », « dans l'écriture ». Je n'éprouve pour ma part qu'une seule différence, difficile à démontrer, entre les auteurs que j'aime et ceux que je ne peux pas lire : celle qui sépare « la littérature », pour indéfinissable qu'elle soit, de tout le reste. Et c'est sans doute au niveau de la phrase, du style, autant que du projet, qu'intuitivement je situe cet écart. Mais je constate l'exigence particulière qui caractérise votre recherche lorsque vous me dites que c'est moins le type d'écriture que « le projet qu'elle veut réaliser, qui se réalise à travers elle » qui vous importe. Je comprends mieux, en fonction de ce que vous dites là, votre démarche.

Il est difficile, en effet, de séparer le projet d'une œuvre et son écriture, que ce soit chez Proust, chez Leiris et les Surréalistes, par exemple. Mais, aussi intuitivement que vous, je sais que l'arrière-plan d'une œuvre, sa visée, le type de recherche vers laquelle elle tend — et cela a beaucoup à voir avec la vie — me sont plus essentiels que le style. Il y a des passages splendides sur le temps dans les *Mémoires d'outre-tombe*, mais la démarche de Chateaubriand — le façonnement de son image et de son existence — ne m'est rien, celle de Stendhal dans la *Vie de Henry Brulard* me parle, elle, infiniment. Il y a chez Proust une préciosité — je pense à la description des aubépines, à la limite de la mièvrerie — que je n'aime pas mais son entreprise, l'architecture de la *Recherche* me fascinent. Quelquefois, l'écriture de Nathalie Sarraute me lasse un peu, il n'empêche que son œuvre, guidée par un désir de dévoiler les enjeux de la vie sociale au moyen de la « sous-conversation », de traquer les pensées et les mouvements les plus ténus de nos rapports avec les autres, me paraît fondamentale. Dans le mouvement surréaliste, c'est la subversion totale que j'ai aimée, qui est au cœur des textes de la première heure, *Le Libertinage* d'Aragon, des films comme *L'Âge d'or*. De Breton, c'est la quête que je retiens particulièrement, cette quête qui traverse ses écrits, inscrite au début de *Nadja*, découvrir « ce que je suis venu faire en ce monde et de quel message unique je suis porteur ». Également un mélange constant de sensibilité et de réflexion, l'intransigeance, le côté intraitable de Breton. Encore la quête, chez Leiris, qui s'effectue au travers du langage, de phrases et de mots surgissant de l'enfance, comme pour moi, à cette différence que les mots qui me reviennent sont presque toujours ceux des autres, me donnent accès à quelque chose de social et d'historique, me permettent de déchiffrer une réalité passée, par exemple les phrases de ma mère dans *Une femme*.

Question subsidiaire, ou importante, puisque vous avez cité Les Gommes *de Robbe-Grillet, ailleurs* L'Emploi du temps *de Butor : quel est votre rapport avec ce dernier « mouvement littéraire » important du* XXᵉ *siècle, le Nouveau Roman ?*

J'ai découvert le Nouveau Roman avant le Surréalisme, quand j'étais au pair en Angleterre et que je lisais la littérature contemporaine française en empruntant des bouquins à la bibliothèque de Finchley, au lieu de travailler mon anglais. Je n'ai pas cessé de m'y intéresser durant deux ans et lorsque je me mets à écrire un roman, en octobre 1962, c'est dans ce courant que je veux me situer très clairement. Cela signifie pour moi m'inscrire dans une recherche, la littérature comme recherche, éclatement de la fiction ancienne. Souvenir d'une discussion âpre avec mon amie M., sur une plage de la Costa Brava, l'été 1962, où je tiens à lui prouver que le roman de Mauriac qu'elle est en train de lire — *Le Désert de l'amour* — relève d'une tradition sans intérêt, et je lui oppose la structure de *Mrs Dalloway* de Virginia Woolf, précurseure du nouveau roman à mes yeux, et celle de *La Modification*.

Il m'est resté de cette fréquentation, puis de la lecture de Claude Simon, Robbe-Grillet, Sarraute, Pinget, vers 1970-1971, la certitude — largement partagée, un cliché désormais — qu'on ne peut pas écrire après eux comme on l'aurait fait avant, et que l'écriture est recherche et recherche d'une forme, non reproduction. Donc pas non plus reproduction du Nouveau Roman...

J'ai une histoire de femme

*Le mot « femme » revient dans deux de vos titres,
concernant des livres très différents. Nathalie Sarraute m'avait écrit un jour regretter que ce soit dans le
cadre d'un congrès sur « l'écriture féminine » que je lui
aie consacré une communication, car elle se définissait
comme écrivain au sens large, et dans ce sens-là
asexué. Pour votre part, vous considérez-vous avant
tout comme écrivain femme (« écrivaine », disent plus
justement les Québecois), ou bien souhaitez-vous être
« un écrivain » au neutre ?*

Pas plus que Nathalie Sarraute je n'aime figurer dans la rubrique « écriture féminine ». Il n'y a
pas de division de la littérature intitulée « écriture
masculine », c'est-à-dire rattachée au sexe biolo-
gique ou au genre masculin. Parler d'écriture
féminine, c'est de facto faire de la différence
sexuelle — et seulement pour les femmes — une
détermination majeure à la fois de création et de
réception : une littérature de femme pour les
femmes. Il y en a une comme cela, elle fleurit

dans les magazines féminins, les romans de la collection Harlequin (pas toujours écrits par des femmes d'ailleurs !), et elle se nourrit de stéréotypes. Son pendant masculin, mais on ne dit pas alors «littérature masculine», ce pourrait être SAS et un certain type de romans policiers en série et d'espionnage.

Cela dit, je suis persuadée qu'on est le produit de son histoire et que celle-ci est présente dans l'écriture. Donc, comptent le roman familial, le milieu d'origine, les influences culturelles et bien évidemment la condition liée au sexe. J'ai une histoire de femme, par quel miracle s'évanouirait-elle devant ma table de travail, ne laissant qu'un écrivain pur (notion étrange, d'ailleurs, car je crois plutôt que ce sont des choses très noires et complexes qui sont à l'œuvre en écrivant)? Quand j'ai lu, récemment, les lettres que Michel Butor et vous avez échangées pendant onze ans* j'ai éprouvé la sensation — dont je vous ai fait part — de lire une correspondance d'écrivains hommes. À cause d'une façon masculine, difficile à définir, de vivre et pratiquer l'écriture transparaissant dans ces lettres. Quelque chose relevant de l'*apesanteur*. Vous êtes dans une autre histoire que les femmes qui écrivent. Mon histoire de femme, je ne l'ai pas consciemment en moi, sauf quand elle devient objet de la recherche, comme dans *La femme gelée* et

* *De la distance*, Le Castor Astral, 2000.

L'événement. L'intentionnalité de ce dernier texte est présente dans le titre : bien plus que laisser un témoignage, déployer une expérience irréductiblement féminine, l'avortement, lui donner toute sa dimension de mesure du temps, du social, du sacré, son aspect initiatique. En faire aussi une expérience de mémoire et d'écriture, un tiers du texte à peu près est consacré au travail de la mémoire, à sa relation avec l'écriture. Qu'un fait féminin, l'avortement, ne ressortisse plus à l'indignité. Il n'est pas sûr que j'aie réussi ! Mais la gêne provoquée par ce livre a tout de même été le signe d'un dérangement.

C'est toujours bon signe ! Pour ma part — c'est curieux, et j'en prends conscience à l'instant —, j'ai reçu ce texte non comme le récit d'une expérience « irréductiblement féminine », mais comme celui d'une histoire proprement humaine, et en ce sens assimilable à mon vécu, même si je n'ai pas un corps de femme et ne puis donc savoir, sauf indirectement, par le récit qu'elle en fera, ce qu'éprouve physiologiquement une femme dans l'amour, la maladie, la grossesse, etc. J'ai donc lu votre livre comme l'exploration d'une expérience universelle — je veux dire transposable, généralisable, comme peut l'être aussi l'évocation d'un lieu et d'une époque étrangère, chez Xénophon ou Yourcenar par exemple, dans lesquels je me retrouve cependant en terrain de connaissance. Je n'ai pas éprouvé la moindre « gêne », la moindre sensation d'exclusion ou d'intrusion à pénétrer ainsi dans l'«intimité» d'une femme. Cela tient peut-être aussi en partie au fait que c'est une expérience d'écriture, de mémoire, qui est donnée pour telle, avec toute la recherche «archéologique» sous-jacente, ou plutôt parallèle, et l'exercice de reconstruction d'une époque encore proche, mais déjà fort différente de la nôtre : les années soixante. Quelle place a occupée le féminisme — expérience sans équivalent masculin — dans votre vécu ?

Le féminisme n'a pas eu de mot pour moi d'abord, mais un corps, une voix, un discours, une façon de vivre, dès ma venue au monde : ceux de ma mère. J'ai raconté tout cela dans *La femme gelée*, la liberté de lire autant et tout ce que je voulais, l'absence totale de travaux dits féminins, l'ignorance de la couture, de la cuisine, etc., la valorisation des études et de l'indépendance matérielle pour une femme. Violence de ma mère, douceur de mon père : les stéréotypes masculin-féminin étaient mis à mal dans mon expérience du monde. Mais ils étaient les plus forts, comme je l'ai découvert dès lors que je suis sortie avec des garçons, que j'ai rencontré ce qui était pour moi «le continent noir», pour renvoyer à Freud sa formule — je n'ai pas eu de frère —, et je peux dire avec force que le cumul de l'origine sociale dominée et de la condition faite aux filles a été lourd, j'ai frôlé le désastre. Et j'ai rencontré Beauvoir, je veux dire non pas réellement, car je ne l'ai jamais vue et je ne lui ai jamais parlé, nous avons juste échangé deux lettres, à la parution de mes premiers livres, mais dans *Le Deuxième Sexe*, à dix-huit ans. Je me souviens de cette expérience de lecture, dans un mois d'avril pluvieux, comme d'une révélation. Tout ce que j'avais vécu les précédentes années dans l'opacité, la souffrance, le mal-être, s'éclaircissait brusquement. De là me vient, je crois, la certitude que la prise de conscience, si elle ne résout rien en elle-même, est le premier pas de la libération, de l'action. (L'une des phrases de Proust qui me vient souvent, c'est «là où la vie emmure, l'intelligence perce une issue».) J'ai mesuré récemment l'influence de ce livre de Beauvoir. Le feuilletant, alors que je ne l'avais pas relu depuis ma classe de philo, je suis tombée sur un passage où il est écrit, «les lesbiennes choisissent la facilité». Or j'ai écrit textuellement cette phrase — dont je reconnais la fausseté — dans mon journal de 1989, sans imaginer un seul instant qu'elle me venait de Beauvoir et d'une lecture vieille de trente ans.

En un sens, le modèle maternel et le texte beauvoirien se sont rejoints, ancrant en moi un féminisme vivant, qui ne se conceptualisait même pas, dirais-je, et qui a été renforcé par les conditions dans lesquelles j'ai avorté clandestinement. Mon mémoire de maîtrise, en 1964, a porté sur la femme dans le Surréalisme et comme textes d'étude annexes, j'ai choisi *Une vie* de Maupassant (la vie de Jeanne Lamare, la pire désolation qui soit), et *Les Vagues* de Virginia Woolf, que j'aimais et admirais profondément. L'un de mes projets d'écriture, l'été 1966, est de décrire «une existence de femme» (une chose que j'avais oubliée et que j'ai retrouvée dans mon journal il y a peu).

Comme je l'ai déjà dit, c'est spontanément que j'ai milité au sein de l'association Choisir, puis au MLAC, de 1972 à 1975, mais, vivant en province, loin de Paris, refusant le discours féministe essentialiste, je suis restée à l'écart de groupes comme le MLF. Je ne m'étais pas reconnue du tout dans le pamphlet d'Annie Leclerc, *Parole de femme*, ni, plus généralement, dans un certain lyrisme littéraire exaltant le féminin qui me paraît le pendant du populisme, célébrant le peuple.

Je m'aperçois que je m'étends longuement sur ce sujet et j'aurais encore énormément à dire. Par exemple que le langage concret, factuel, «les mots comme des choses», une certaine violence de mon écriture — dont les racines sont dans le monde social dominé — vont dans le sens du féminisme. Ainsi *Passion simple* pourrait être considéré comme un antiroman sentimental. En un sens, maintenant, le cumul des deux situations, transfuge sociale et femme, me confère de la force, de l'intrépidité, dirais-je, face à une société, une critique littéraire qui «surveillent» toujours ce que font et ce qu'écrivent les femmes. Remarquez qu'on désigne encore et toujours les écrivaines par leur sexe et groupées : «les

95

femmes, aujourd'hui, osent écrire le sexe », « sont plus nombreuses à écrire que les hommes » — ce qui est faux —, etc. On ne lit pas, on n'entend pas « les hommes, aujourd'hui, publient des livres comme ci ou comme ça » ou encore « les hommes ont obtenu tous les grands prix de l'automne » (ce qui arrive). Il y a, à l'intérieur du champ littéraire, comme ailleurs, une lutte des sexes et je vois la mise en avant d'une « écriture féminine » ou de l'audace de l'écriture des femmes comme une énième stratégie inconsciente des hommes devant l'accès de celles-ci en nombre plus grand à la littérature, pour les en écarter en restant les détenteurs de « la littérature », sans adjectif, elle.

La « gêne » qu'éprouvent certains hommes à vous lire, est-ce partie intégrante de votre projet ? J'entends : cherchez-vous à provoquer cette gêne, ou au contraire vous dérange-t-elle ? S'agit-il pour vous, en exerçant votre liberté de parler, y compris érotiquement (mais le plus souvent cliniquement), des hommes comme eux parlent des femmes, de faire évoluer les mentalités ?

Je ne vois pas de quoi est faite la gêne que vous évoquez. Si elle existe, je ne cherche pas à la provoquer, tout simplement parce que je n'écris pas en pensant aux hommes ou aux femmes, mais à la « chose » que je veux saisir par l'écriture. Cela dit, ce trouble ne serait pas surprenant, dans la mesure où les uns et les autres nous sommes pris dans des schémas de pensée, des imaginaires culturellement et historiquement constitués, qui attribuent aux hommes et aux femmes des rôles et des langages différents. Même si je ne cherche pas à susciter cette réaction, elle ne me déplaît pas, elle est signe d'un dérangement à mes yeux nécessaire : depuis combien de siècles les femmes trouvent-elles légitimes les représentations que donne, des hommes et des femmes, du monde, une littérature majoritairement masculine ? À leur tour, les hommes devront faire cet effort d'admettre les représentations d'une littérature faite par les femmes comme aussi «universelles» que les leurs, ce sera forcément long... Car nombre de romans masculins véhiculent actuellement sur les femmes, non plus des stéréotypes devenus trop évidents, mais une tranquille affirmation du pouvoir et de la liberté des hommes, de leur aptitude à dire, et eux seuls, l'universel. Les formes les plus exhibées de ce phallocentrisme — je pense à Michel Houellebecq — ne sont pas forcément les pires, il en est de très avenantes, qui ne se voient pas, fondues qu'elles sont dans les façons les plus ancrées, résistantes, de penser et de sentir des individus, y compris des femmes. C'est ainsi que des lectrices se disent gênées par «l'impudeur» ou «l'absence d'émotion» de mes livres, reproches qu'elles ne songent pas à adresser aux textes des hommes.

Une double obscénité

Vous êtes à présent vilipendée par certains journa-
listes (majoritairement hommes). Quelle réaction
vous inspirent ce procès d'intention, ces vitupérations
et cette sorte de «chasse à la sorcière»? Pensez-vous
toucher à des tabous dans vos livres les plus récents, y
a-t-il à votre avis transgression, et de quoi?

C'est un fait, d'abord insidieusement, à la
publication de *La place*, puis ouvertement à la
parution de *Passion simple*, des critiques en majo-
rité parisiens et masculins, occupant des posi-
tions de pouvoir dans les médias, se sont
déchaînés contre ce que j'écris. Contre le contenu
et contre l'écriture. Ce qu'on me reproche, c'est
une double obscénité, sociale et sexuelle. Sociale,
parce que, dans des livres comme *La place, Une*
femme, La honte, mais aussi *Journal du dehors*, je
fais de l'inégalité des conditions, des cultures, la
matière du texte, en évitant le populisme, qui
serait tellement rassurant, acceptable... Sexuelle,
parce que dans *Passion simple*, qui a mis le feu aux

poudres, j'ai décrit tranquillement et précisément la passion d'une femme mûre — vécue sur le mode adolescent et celui de la « romance », mais aussi très physique — sans les marques affectives, la déploration, sans cette « romance » justement qu'on attend dans les écrits des femmes. De plus, une transgression des genres : il s'agit d'un récit autobiographique, mais portant sur un moment très court, rédigé de façon clinique. On m'a traitée de « midinette », mon livre de « presse du cœur, digne de *Nous deux* », ce qui est assez éloquent : il s'agit là d'une double stigmatisation, on me renvoie à la classe et à la littérature populaires, en même temps qu'à mon appartenance sexuelle. (Notez au passage que de telles phrases ont été prononcées par des gens qui se disent de gauche, qui révèlent ainsi leur secret mépris de classe.) Je crois qu'un petit nombre de critiques ne me pardonne pas cela, ma façon d'écrire le social et le sexuel, de ne pas respecter une sorte de bienséance intellectuelle, artistique, en mélangeant le langage du corps et la réflexion sur l'écriture, en ayant autant d'intérêt pour les hypermarchés, le RER, que pour la bibliothèque de la Sorbonne, ça leur fait violence...

Les attaques prennent de plus en plus un tour sexiste, chose assez banale dans la société française. Jamais on ne lirait, à propos d'un livre écrit par un homme, ce qu'il m'arrive de lire sur des livres écrits par des femmes, sur les miens. On n'appelle pas non plus un écrivain du sexe masculin par son seul prénom, dans un article de presse, comme on l'a fait souvent pour moi.

Même si l'on sait que l'accueil de la presse n'est souvent qu'un épiphénomène sans intérêt, et qu'en sus les œuvres novatrices provoquent toujours des résistances très fortes, on ne sort pas toujours indemne de certains éreintements. Est-ce le prix à payer pour avancer, mener à bien ces « explorations » que vous entreprenez ? Y êtes-vous sensible, cela vous affecte-t-il ou au contraire vous encourage-t-il à poursuivre dans cette voie, à creuser plus profond ?

Les éreintements me sont devenus indifférents depuis longtemps, même au moment où j'en prends connaissance. Je me souviens d'avoir souffert en lisant une petite phrase, méprisante et condescendante, dans *Libération*, à propos de *La place*, il y a dix-huit ans. Ce serait impossible maintenant. Il faut bien dire qu'être dédaignée ou insultée par certaines instances du champ littéraire médiatique me paraît logique et me renforce complètement dans ma démarche d'écriture. Ces instances ne sont jamais plus promptes à encenser un livre que lorsque ce dernier ne dérange pas — à moins que, tout simplement, son auteur ne fasse partie de ce champ et ne lui donne continuellement des gages d'appartenance (en écrivant dans des revues, en faisant partie de jurys, etc.). Mais sans doute serais-je plus vulnérable, peut-être arc-boutée dans une attitude d'isolement orgueilleux, si ce que j'écris ne rencontrait pas, dans des sphères extrêmement variées, chez des lecteurs très différents par la culture, de l'écho et de l'intérêt. Vraiment, ce serait une insulte envers tous ceux qui me lisent, envers les professeurs qui travaillent sur mes textes, les étudiants qui les prennent comme objets de recherche, que de me faire passer pour marginale et incomprise. Et tant de gens m'ont dit, m'ont écrit, l'importance que l'un ou l'autre de mes livres avait eue dans leur vie, leur sentiment de ne plus être seul après l'avoir lu... Je ne peux pas m'étendre là-dessus — c'est quelque chose de si fort, si bouleversant, secret aussi. Vous savez, quand quelqu'un me dit, « Vous avez écrit à ma place » ou « Ce livre, c'est moi », de toutes les gratifications que donne l'écriture, c'est pour moi la plus forte.

Quant au danger, oui, j'ai toujours voulu écrire dangereusement, et la publication en fait partie, mais il faut avouer qu'il s'agit d'une mise en danger bien légère, par rapport à d'autres, c'est même un luxe.

Écrire sa vie, vivre son écriture

Face à l'amalgame entre vie et œuvre auquel se livrent certains lecteurs, et quoiqu'il n'existe selon toute apparence aucune fiction dans vos livres actuels (il y a cependant une transposition : initiales, coordonnées topographiques), diriez-vous avec Proust : c'est un autre moi qui a écrit ça ? Un moi écrivant qui serait dans une autre temporalité, un autre espace que celui de la vie quotidienne ? Qui échapperait au jugement, « comme — écrivez-vous dans L'occupation *— si je devais être absente à la parution du texte… comme si je devais mourir, qu'il n'y ait plus de juges ».*

Je vais essayer, peut-être pas d'expliquer, mais d'exposer ce paradoxe. D'un côté, la nécessité que j'éprouve, comme Leiris, d'une « corne de taureau », d'un danger dans l'exercice de l'écriture. Ce danger, dont je viens de sous-entendre précédemment la nature imaginaire mais qui me « dirige » réellement, je le trouve en disant « je » dans mes livres, un « je » renvoyant explicitement à ma personne, en refusant toute fictionnalisation. Il était difficile, « dangereux » — et long-temps j'avais imaginé cela impossible — d'évo-quer le geste de folie de mon père quand j'avais douze ans, mais je l'ai fait, un jour. Cela tendrait donc à prouver que c'est bien de « moi » qu'il s'agit. De la même manière, relisant mon journal intime, par exemple la partie qui a été publiée sous le titre *Se perdre*, je sais qu'il s'agit de la femme que j'étais ces années-là, et que, par bien des aspects, je suis toujours, sans doute. Mais, d'un autre côté, je sens l'écriture comme une *transsubstantiation*, comme la transformation de ce qui appartient au vécu, au « moi », en quelque chose existant tout à fait en dehors de ma per-sonne. Quelque chose d'un ordre immatériel et par là même assimilable, compréhensible, au sens le plus fort de la « préhension » par les autres. C'est ce qui m'est apparu lorsque j'ai écrit *L'occu-pation* : je sens, je sais, qu'au moment même où j'écris, ce n'est pas *ma* jalousie qui est dans le texte, mais *de la* jalousie, c'est-à-dire quelque chose d'immatériel, de sensible et d'intelligible que les autres pourront peut-être s'approprier. Mais cette transsubstantiation ne s'opère pas d'elle-même, elle est produite par l'écriture, la manière d'écrire, non en miroir du moi mais comme la recherche d'une vérité hors de soi. Et — c'est peut-être une façon de dépasser le para-doxe — cette vérité-là est plus importante que ma personne, que le souci de ma personne, de ce que l'on pensera de moi, elle mérite, elle exige que je prenne des risques. Peut-être même que je la crois obtenue seulement au prix du danger...

Vous m'avez dit qu'il était difficile de rendre compte de l'action de la vie présente sur l'élaboration d'un texte (on pourrait aller jusqu'à dire : de l'interaction entre le quotidien et l'écriture, car cette dernière modifie aussi la vie en retour). Vous citiez Raymond Carver, qui « explique dans des entretiens — fort utiles donc ! — que les jeux de ses enfants dans un petit appartement l'empêchaient d'écrire, et que le choix de la nouvelle obéit à l'impossibilité de se concentrer longtemps sur un texte long », et vous ajoutiez : « Notez que je n'ai pas tellement parlé, moi non plus, de l'interpénétration du quotidien et de l'écriture, de leur lutte, si violente à certaines époques de ma vie ! » Peut-être cette situation est-elle inhérente à la condition de l'artiste moderne, à sa « condamnation » (qui est aussi une chance) à mener de front un métier alimentaire, l'art et la vie quotidienne ? Quels seraient chez vous les éléments, les conditions matérielles dont a dépendu l'adoption de la forme brève pour mener à bien vos explorations ?

J'ai été frappée par ce que disait Carver — dont j'aime énormément l'œuvre — pour plein de raisons. Tout d'abord, une façon simple de parler de sa vie matérielle, d'en indiquer l'importance décisive sur son écriture, par le choix du texte bref, la nouvelle. Ce n'est peut-être pas le seul élément déterminant, mais au moins il ne le cache pas. En France, on préfère souvent éviter soigneusement ce sujet. D'autre part, il évoque — chose infiniment rare chez un écrivain homme — les cris et les jeux de ses enfants, dont il doit aussi s'occuper, qui l'empêchent de se concentrer. Et je suis ramenée à une période de ma vie, entre vingt-cinq et quarante ans, pendant laquelle il m'a été très difficile d'entreprendre un travail d'écriture *suivi*, ma vie étant celle que menaient et continuent de mener nombre de jeunes femmes, avec toutes les apparences de la liberté et du bonheur : travailler au dehors (l'enseignement), s'occuper des enfants (deux), faire les courses et les repas. Lorsqu'on ne sait pas *quand* l'on aura deux ou trois heures de tranquillité pour écrire et que, si cela arrive, à tout moment on peut être dérangée, on ne peut pas s'immerger réellement dans un autre univers. Ou au prix d'une lutte incessante, avec soi surtout, pour ne pas renoncer. D'autant plus que, prise dans une configuration familiale et professionnelle d'un côté et de l'autre en butte aux difficultés inhérentes à l'écriture, je ne parvenais pas à déterminer si c'était la diversité des tâches qui me dispersait, le temps qui me manquait, ou la force et la capacité d'écrire. À certains moments, je me demandais si je ne serais pas plus heureuse en cessant d'écrire, si je ne gâchais pas la vie de tout le monde, de mon mari et de mes enfants. Je ne me demandais pas si ce n'était pas eux qui gâchaient la mienne... À deux reprises, dans cette époque, je suis partie un mois hors de chez moi, isolée complètement, pour écrire. J'y tenais, j'en éprouvais malgré tout de la culpabilité, une culpabilité que j'avais aussi connue, mais à un moindre degré, en préparant les concours d'enseignement, avec mes enfants petits. Bref, je n'échappais pas complètement à la vision de ce qui doit être prioritaire pour les femmes, à une sensation d'illégitimité de me livrer à une activité qui ne concerne pas ma famille (alors que l'obtention d'un concours, elle, engageait économiquement la situation familiale).

Ensuite, divorcée, vivant seule avec mes fils qui devenaient progressivement autonomes, je n'ai eu comme contrainte que celle de l'enseignement à distance, où j'étais entrée à la fin des années soixante-dix. Les séries de cours à rédiger et les copies à corriger réclamaient beaucoup de temps, mais je pouvais choisir mes horaires de travail, voire mes jours, le vrai luxe…

Que les diverses contraintes aient influé sur le temps d'écriture de mes textes, le rythme de leur publication, j'en suis sûre. Leur brièveté, elle, à partir de *La place* — dont la rédaction coïncide au contraire avec la fin de ma vie matrimoniale et donc plus de temps —, dépend de toute une réflexion sur l'écriture, d'un changement de celle-ci, dont j'ai déjà parlé. Écriture concise, pour laquelle je suis infiniment plus lente. Mais, d'une certaine façon, cette réflexion, cette écriture-là et cette brièveté sont le produit de conditions matérielles, de la plus grande liberté qui est redevenue la mienne.

Je ne saurais décider si la nécessité d'avoir une activité rémunérée, donc tout un temps qui est soustrait non seulement à l'écriture effective mais à l'obsession qu'elle engendre, est une chance ou une malédiction. Le choix est là : vivre de ses livres (rarissime au début), être entretenu par l'État (en percevant des allocations, des bourses) ou par un mari, un amant, une femme, qui gagnent de l'argent pour deux — ou avoir un emploi. Il me semble que cette dernière solution fournit plus de chances d'assurer l'indépendance de son écriture et l'autonomie la plus grande par rapport au champ littéraire. Mais la question n'est pas là seulement, je crois. Elle est aussi dans le rapport qu'on entretient avec son écriture, avec l'argent et l'écriture, dans le type de gratifications qu'on attend de l'écriture, des lecteurs. J'ai très vite senti que je ne pourrais écrire que dans la plus complète liberté, qu'on n'attende surtout rien de moi, à telle date, de tel genre. C'est donc en conservant toujours mon métier de prof, avec ses obligations, mais aussi sa sécurité matérielle, que j'ai pu pour-suivre tranquillement mon travail d'écriture, pré-férer l'exploration et ses incertitudes.

Je dois dire également que rien n'est plus démoralisant pour moi que de me sentir inutile, de n'avoir rien fait de ma journée. D'avoir un métier dans lequel j'avais toujours à faire quelque chose, qui me donnait le sentiment d'intervenir directement et immédiatement dans le monde, sur la formation intellectuelle des jeunes, me permettait d'échapper à la désolation d'avoir perdu mon temps sur trois lignes, ou sur rien, pendant une matinée. À l'accablement de n'être rien parce que je ne fais rien. Et être obligée d'abandonner pour un temps ce que je suis en train d'écrire me paraît toujours bénéfique du point de vue de la distance avec mon texte en cours.

« *J'*écris *mes histoires d'amour et je* vis *mes livres* », *peut-on lire dans* Se perdre. *Ce décalage perpétuel et cette conjonction paradoxale entre* écrire sa vie *et* vivre son écriture *seraient-ils inhérents à l'écriture* « qui ne ment pas » *(l'expression est d'Hélène Cixous), à l'osmose qui s'établit, pour qui écrit, entre la vie* « réelle » *et celle que l'on ne peut atteindre qu'à travers l'écriture ?*

Ce décalage et cette conjonction paradoxale — les termes sont infiniment justes — que je ressens, et vous aussi, je ne saurais dire s'ils sont aussi forts chez tous ceux qui écrivent. Même pour moi, il y a bien des moments dans l'existence quotidienne où l'écriture n'est pas présente, comme pensée, désir ou sensation. Où je suis dans d'autres jeux et enjeux, qui vont des conversations — mais je n'aime pas celles dites littéraires — à la recherche de rosiers à planter, d'un sac à main et bien entendu, comme je l'ai fait jusqu'à ces dernières années, la préparation écrite de cours, la correction de copies. Mais je crois que, globalement, le fait d'écrire donne à l'existence sa forme. J'ai parfois l'impression de vivre sur deux plans *à la fois, celui de la vie et celui de l'écriture.*

Dans la phrase que vous évoquez, « J'*écris* mes histoires d'amour et je *vis* mes livres », il s'agit aussi, une fois de plus, de ce rapprochement et de cet échange, qui se fait continuellement, à mon insu, dans ma vie et dans mes livres, entre l'amour, le sexe, et l'écriture, la mort aussi. De cette lutte aussi.

Vous écrivez encore dans Se perdre, *en 1990, que « la perspective d'écrire », à un moment donné, vous « fait horreur ». Il m'est arrivé souvent d'éprouver une telle sensation d'écœurement, très pénible pour qui consacre une grande part de sa vie à cette activité. Ce passage par le découragement permet-il, une fois celui-ci surmonté, d'atteindre un autre plan ?*

Vous savez, la perspective d'écrire me fait horreur en 1989-1990 parce que je suis complètement obsédée par un homme, que l'existence est si intense, si inouïe, sans effort ni travail, que l'écriture, avec la mise à distance qu'elle suppose, ne peut apparaître que comme un désert, un arrachement atroce. La passion, c'est un état de jouissance total de l'être et d'enfermement dans le présent, une jouissance immédiate, c'est d'abord un état. L'écriture n'est pas un état, c'est une activité. La perte de soi, que je vois dans les deux, que je cherche sans doute, n'aboutit pas au même résultat.

À la mort de ma mère, j'ai eu aussi horreur d'écrire. Et puis écrire a été un recours, la faire exister sous une forme historique, me sauver en la sauvant, en quelque sorte.

Je ne connais pas le dégoût, l'écœurement d'écrire, ni même le découragement, mais les doutes, l'absence de désir de continuer, puis l'impossibilité. Je ne saurais dire si ce que j'appelle ma névrose des débuts — parce que le blocage intervient souvent là — possède une quelconque valeur, si elle est nécessaire... C'est juste un signe. Le signe que quelque chose n'est pas trouvé, qu'il faut entreprendre quelque chose d'autre. Le chantier dont j'ai parlé est plein d'inachevé, mais je sais maintenant que c'est de l'inachevé provisoire, l'ébauche de travaux futurs.

Écrire pour sauver

Vous m'avez dit au début de cet entretien qu'à partir de La femme gelée, *il y a vingt ans, vous aviez cessé de définir la littérature, et qu'aujourd'hui vous ne saviez pas ce qu'elle est. Vous écrivez aussi en 1986 dans le journal publié sous le titre* «Je ne suis pas sortie de ma nuit» : *«Ce n'est pas de la littérature ce que j'écris. Je vois la différence avec les livres que j'ai faits, ou plutôt non, car je ne sais pas en faire qui ne soient pas cela, ce désir de sauver, de comprendre, mais sauver d'abord.» Vous écrivez encore que «la littérature ne peut rien» et on pourrait trouver plusieurs autres exemples de cette idée dans* Se perdre, *tel celui-ci : «Je suis réellement au-dessous de la littérature en ce moment (…) Au-dessous de tout, même du souvenir.» Comment concilier cette part que vous définissez comme «non littéraire» de votre écriture avec l'autre, qui appartient à l'écriture ? Et si elle n'appartient pas à la littérature, comment pourrait-on la définir ?*

Quand j'étais très jeune, il me paraissait important de définir la littérature, la beauté, etc. Parce que je croyais qu'il fallait savoir, pour écrire. Puis j'ai écrit sans me poser cette question, en étant hors de cette question. « Quelque chose comme les Lettres existe-t-il », s'interroge Mallarmé. En substance, il répond que oui, puisqu'il en éprouve de la jouissance. J'ajouterais volontiers, vite, que la littérature existe puisque j'en souffre, que j'y consacre un temps considérable et que des lecteurs trouvent eux-mêmes de la jouissance et de la souffrance en lisant mes textes. La littérature existe mais elle ne possède pas d'essence définissable. Par le mot littérature, on entend généralement un ensemble de textes sans finalité pratique (à l'inverse d'un traité de psychologie, d'un livre de jardinage), ou pour reprendre le mot de Kant, des textes à la « finalité sans fin ». La « littérature » est un principe de classement, mais aussi une valeur. Par exemple, sous la rubrique « Littérature » d'un journal, qui isole donc les textes littéraires des non littéraires, on lira une critique déclarant que tel roman « n'est pas de la littérature ». D'un côté, au nom du classement, ce roman appartient à la littérature mais de l'autre, au nom de la valeur, il en est écarté. On use et on abuse de ces jugements de valeur, généralement proférés sur un ton péremptoire, parce qu'il s'agit de l'exercice d'un pouvoir, celui de sacrer ou de néantiser ce que l'on aime ou l'on déteste. Mais il est assez étrange que, presque jamais, on ne dise ce qu'on entend par « littérature », comme s'il s'agissait d'une évidence, de quelque chose allant de soi, d'universel et d'intemporel. Or, nombre de textes ont maintenant un statut et une valeur littéraires qu'ils n'avaient pas au départ. Il y a l'exemple célèbre des *Confessions* de Rousseau, à qui des contemporains reprochent son «style de valet». Il faut aussi rappeler qu'au XIXe siècle, c'est la poésie qui est considérée comme «la littérature», non le roman. À un moment donné, sans qu'on sache toujours pourquoi, tel livre devient un objet esthétique, tel genre devient littéraire…

Il y a beaucoup de livres qui ont pour moi valeur de littérature, bien qu'ils ne soient pas classés dans la littérature, des textes de Michel Foucault, de Bourdieu, par exemple. C'est le bouleversement, la sensation d'ouverture, d'élargissement, qui fait pour moi la littérature.

Que je dise «ce n'est pas de la littérature ce que j'écris», etc., ou «la littérature ne peut rien», ou me sentir «au-dessous de la littérature», c'est forcément reconnaître qu'une telle «chose» existe, la littérature. C'est aussi une interrogation sur la façon dont j'existe, moi, par rapport à la littérature, et aussi comment je situe mon écriture par rapport à une certaine image de la littérature, que me donnent certains livres, et que je refuse, des livres qui me paraissent de l'ordre de la fabrication et non de la chair et du sang. C'est au fond ma propre vision de la littérature que j'affirme, c'est-à-dire mon désir que chaque phrase soit lourde de choses réelles, que les mots ne soient plus des mots, mais des sensations, des images, qu'ils se transforment, aussitôt écrits/lus, en une réalité «dure», par opposition à «légère», comme on le dit dans le bâtiment.

Lorsque vous mentionnez « ce désir de sauver, de comprendre, mais sauver d'abord », je comprends instinctivement cet usage intransitif du verbe « sauver », mais écrire pour sauver, n'est-ce pas aussi pour se sauver ?

Sauver de l'effacement des êtres et des choses dont j'ai été l'actrice, le siège ou le témoin, dans une société et un temps donnés, oui, je sens que c'est là ma grande motivation d'écrire. C'est par là une façon de sauver aussi ma propre existence. Mais cela ne peut se faire sans cette tension, cet effort dont je viens de parler, sans une perte du sentiment de soi dans l'écriture, une espèce de dissolution, et aussi avec une mise à distance extrême. C'est pourquoi le journal intime, à lui seul, ne me sauve pas. Parce qu'il ne sauve que mes moments à moi.

La proximité des choses

Quelle est pour vous la signification, symbolique ou vécue, des dates d'achèvement, ou de la durée de rédaction, qui figurent à la fin de vos livres ? Est-ce en rapport avec la datation précise du journal, avec les notations temporelles, dont nous avons déjà parlé, qui jalonnent le texte ? Que se passe-t-il pour vous entre deux de ces dates, par exemple entre juin 1983 et avril 1986, c'est-à-dire entre l'achèvement de La place et celui d'Une femme ? Écrivez-vous pendant tout ce temps, ou y a-t-il interruption, césure ?

Le besoin de dater est plus ancien que celui d'écrire, dans mon souvenir. Enfant, j'ai enterré dans le jardin une boîte contenant mon nom, mon âge et la date du jour, que découvriraient des gens dans un avenir lointain. Et, comme les anonymes qui laissent sur les murs, les balustrades, la trace de leur passage, initiales et dates, j'inscrivais des dates partout. Rien n'a été plus émouvant pour moi que d'apprendre le même goût chez Restif de la Bretonne, avec ses inscriptions dans l'île Saint-Louis… Longtemps, j'ai noté sur la page de garde du livre que je venais d'acheter la date de son acquisition. Besoin compulsif de marquer le temps qui fuit, le fixer, me faire histoire dans tous les sens du terme…

Cela dit, concernant les dates de début et de fin d'un livre, il y a aussi le désir de montrer le temps réel de l'écriture du livre, sans les préparatifs, les abandons, de l'entrée définitive dans le projet jusqu'à son aboutissement. Et, pour moi, cet intervalle a une grande signification, c'est celui d'un temps exceptionnel, d'une autre vie. S'il n'y a que la date de fin, c'est que le livre s'est écrit plus par à-coups, qu'il y a eu des fausses entrées…

Je viens de relire L'occupation, *texte que vous avez modifié après en avoir publié une première version dans* Le Monde *en août 2001, et qui comporte donc deux tranches temporelles de rédaction, signalées à la fin. Vous était-il déjà arrivé de publier ainsi divers états d'un texte en cours ?*

Je ne publie jamais de texte en cours, ni n'en lis jamais des passages. *L'occupation* n'était pas une œuvre en cours, mais quelque chose de déjà écrit, en gros, et dont la longueur finale a dû être calibrée pour la publication dans *Le Monde*. C'est quelque chose que je ne recommencerai jamais, ce manque de liberté a été frustrant et, pour finir, on a même ôté les « blancs » que j'avais ménagés, défigurant le texte par cette élimination des respirations, parce que c'était trop long… J'ai donc repris mon texte pour le publier dans sa version initiale. C'est pourquoi il y a deux dates, l'une qui marque la première fin et l'autre la seconde fin, la prolongation, trois mois après. C'est aussi une façon de faire sentir le passage du temps, montrer qu'un livre n'est jamais fini si on veut.

*

L'usage du passé composé (parfois du présent de narration), est-ce pour recréer une perception particulière des faits évoqués, pour obtenir une plus grande lisibilité du texte ?

Je cherche d'abord, en écrivant, à me rendre les choses lisibles à moi-même… La lisibilité d'un texte, d'ailleurs, n'est pas dépendante de l'usage ou non du passé simple. On ne va pas approfondir ce sujet, ce serait long, mais entrent en jeu, par exemple, la syntaxe — simple ou complexe —, le vocabulaire, le degré d'abstraction des phrases, la familiarité de l'univers du lecteur avec celui du livre, la ponctuation… Même s'il est pratiquement absent de la conversation, le passé simple ne rebute aucun lecteur, c'est le temps le plus fréquent du récit, celui des romans en série comme des ouvrages historiques, etc. Non, j'emploie le passé composé par impossibilité absolue de rendre compte des choses au passé simple. Je le sens comme une mise à distance — le comble de la distance étant tout de même pour moi l'imparfait du subjonctif, et c'est pourquoi je ne respecte jamais les concordances, volontairement — et je suis d'accord avec Barthes quand il dit que le passé simple signifie, proclame avant tout : «Je suis la littérature.» Le passé simple me rappelle mes rédactions d'élève, l'artifice par lequel je donnais de la noblesse aux actions ordinaires, du style «je cueillis une fleur et la humai… nous bûmes un succulent chocolat…», il me rappelle une écriture qui n'avait aucune réalité, qui avait pour avantage principal d'être bien notée. Et il y a ceci pour le passé composé : il fait sentir que les choses ne sont pas terminées, qu'elles durent encore dans le présent. C'est le temps de la proximité des choses, dans le temps et l'espace. Le temps du lien entre l'écriture et la vie.

Quant à l'emploi d'expressions courantes ou familières («c'est trop destroy» dans L'occupation, *les formulations «régionales» dans* La place *et* Une femme*), est-ce pour marquer sociologiquement un lieu, une époque, pour montrer ce que contient d'universel le particulier — ou, ici encore, par souci de lisibilité ?*

Non, je n'ai aucune de ces intentions. J'utilise très peu, en réalité, de termes normands, ma région d'origine. En revanche, un assez grand nombre d'expressions du français populaire, auxquelles je donne leur pleine signification sociale, par exemple toutes celles qui contiennent le mot *place* dans le livre de ce nom. Ces mots disent, peignent, cette façon d'exister, en sont la preuve. La petite fille de douze ans qui dit dans *La honte* «Tu vas me faire *gagner malheur*», elle existe sur ce mode-là, à ce moment-là. Et «c'est trop destroy» est une pensée réelle, la mienne, avec ce mot-là, des années 2000, qui dit et prouve l'excès de souffrance. Tous les mots, surtout quand ils sont la transcription de paroles, sont lourds de significations, ils «ramassent» la couleur d'une scène, sa douleur, son étrangeté ou la violence sociale. C'est le «Je ne suis pas le plombier!» de l'interne de l'hôpital avant de procéder au curetage de l'utérus, dans *L'événement*. Mais ces termes parlés s'intègrent à une langue narrative plus classique, à un autre registre, non familier (il y a dans *L'occupation* des mots relevant de la linguistique comme «phatique», de la sociologie, «idealtype»), une sorte d'union entre l'intelligible et le sensible, la pensée et le corps. C'est une façon, je crois, de relier tous les langages, de montrer qu'il y a autant de «sens» contenu dans une phrase banale que dans la plus élaborée en apparence. Et de plus en plus souvent, les êtres rencontrés, ceux dont je me souviens, existent sous la forme de mots qu'ils ont dits. Ou de gestes qu'ils ont eus.

Je ne vois pas les mots,
je vois les choses

Procédez-vous dans l'écriture par élagage plutôt qu'incises et ajouts ? Votre manuscrit se développe-t-il à partir d'un plan, d'un noyau (ce que Henry James nommait les « nuggets » de la fiction), ou est-il la réduction à l'essence d'un premier jet plus vaste et spontané ?

Comment j'écris mes livres… J'ai l'impression que chacun a été écrit de façon différente mais ce qui diffère, je crois, c'est ma vie personnelle, le monde autour de moi, au moment où j'écrivais, sans doute plus que ma façon d'écrire en elle-même. Penser à l'écriture de *La place*, de *Passion simple*, de *La honte* ou de *L'événement*, c'est revoir des moments toujours singuliers, avec une certaine coloration affective, troués de voyages, de rencontres, etc. Car on ne fait pas qu'écrire ! L'écriture a besoin du temps, du quotidien, des autres. Mais, bon, il y a des constantes. D'abord le désir de m'engager, de m'immerger, dans quelque chose qui est à la fois précis — « comment je suis devenue femme », une passion, la vie de mon père, l'avortement, etc. — et flou : pas de plan, pas de méthode. Généralement, j'ai envie d'écrire quelques pages et je m'arrête, ne sachant plus du tout continuer, ne voyant plus ce que je pourrais « faire de ça ». J'entreprends autre chose, avec le même insuccès parfois. Parfois non : *La femme gelée* prendra ainsi la place de… *La place*, commencée avant, interrompue. Puis je reviens sur ces débuts, les poursuis et les mène à terme. Tous mes livres ont été écrits ainsi — sauf *La femme gelée* qui n'a pas eu de début abandonné au préalable — sans que je puisse m'expliquer pourquoi. Le fait que je n'aie pas fait de l'écriture mon métier, que je n'aie pas besoin de publier rapidement, joue beaucoup : je peux prendre le temps d'accepter mon désir.

J'ai aussi, et d'ailleurs de plus en plus, une autre façon de procéder — bien que ce terme ne convienne pas tout à fait, tant la volonté, la concertation n'entrent pas pour beaucoup, plutôt une stratégie inconsciente, un peu retorse —, c'est de continuer un « chantier » sans savoir si cela deviendra un livre. Et cela afin de rester le plus possible dans un espace de liberté, liberté de contenu et de forme, d'invention. *Journal du dehors* et *Passion simple*, *La honte*, *L'occupation* sont nés de cette « écriture libre » sans finalité, du moins avouée, lucide. À un moment, mais je ne saurais jamais dire quand, je sais que j'irai jusqu'au bout du projet. Mais je me suis épargné les affres et les doutes du choix d'une structure, celle-ci s'étant comme imposée d'elle-même.

Le travail sur la phrase proprement dite, les mots, obéit vraiment à la sensation, au feeling : « c'est ça » ou « ce n'est pas ça ». Je crois que quand j'écris, je ne vois pas les mots, je vois les choses. Qui peuvent être très fugaces, abstraites, des sentiments, ou à l'inverse concrètes, scènes, images de la mémoire. Les mots viennent sans que je les cherche ou au contraire demandent une tension extrême, pas un effort, une tension, pour être exactement ajustés à la représentation mentale. Quant au rythme de la phrase, je ne le travaille pas, je l'entends en moi, je le transcris simplement.

Mes brouillons — je travaille sur des feuilles, avec des feutres fins — sont pleins de ratures — mais cela dépend aussi des textes —, d'ajouts, de surcharges, de transferts de phrases et de paragraphes.

Le désir et la nécessité

*Vous avez parlé de certains de vos modes et proces-
sus d'écriture, d'élaboration du texte, par exemple
dans la communication que vous avez faite en clôture
d'un colloque sur les « écritures blanches ». Vous décri-
vez aussi ce processus, sur un mode moins technique,
dans vos livres récents, parallèlement au déroulement
du récit. J'aimerais que nous approfondissions quelque
peu ce thème, dont on saisit l'importance depuis que la
réécriture est devenue l'objet d'études spécifiques : la
génétique textuelle. D'abord une question très globale :
quel est pour vous le trajet qui conduit de la première
idée d'un texte à sa réalisation ? Quelles en seraient,
grosso modo, les étapes ?*

Je ne sais pas si le mot « idée » convient, du
moins pour la plus grande partie des textes que
j'ai écrits. C'est quelque chose comme un sentiment, un désir, qui se forme et qui peut rester
latent, longtemps. Quelque chose de flou, qui ne
peut pas se résumer facilement. La pire question
qu'on puisse me poser — et malheureusement

cela arrive très souvent — par curiosité, par intérêt réel, ou simple politesse, c'est «Sur quoi écrivez-vous en ce moment?». Je ne peux pas le dire, je n'écris pas «sur» un sujet, je suis dans une autre vie, une sorte de vie parallèle qui est le texte en train de s'écrire. Et, de la même façon, ce qui se présente à moi au début n'est pas un sujet, mais une nébuleuse. Dans *La place*, j'écris dans les premières pages qu'après la mort de mon père, je me dis «il faudra que j'explique tout cela». C'est exactement la forme sous laquelle s'est présenté mon désir d'écrire à ce moment-là : une nécessité de déplier des choses refoulées concernant à la fois la vie de mon père et mon passage progressif dans une bourgeoisie intellectuelle. Une sorte de voie, une direction, mais rien d'autre. Il me semble que ça s'est passé ainsi la plupart du temps, cette espèce de désir qui devient de plus en plus net, contre lequel je lutte aussi quelquefois. Même, il me semble que je commence toujours par refouler mon désir, d'où ces arrêts, ces suspensions après les premières pages.

Il y a beaucoup de textes qui ont vu le jour au prix d'une résistance violente d'abord. Je pense à *Une femme*, que je n'ai réellement pu écrire qu'une fois ma mère décédée alors que j'avais déjà commencé ce texte, à *Passion simple*, constitué au départ de fragments sans finalité précise. Récemment *L'événement*, dans lequel je décris d'ailleurs les étapes de cette résistance et le franchissement de l'interdit. Et *La honte*, bien sûr, dont la première page constitue réellement la transgression d'un interdit : narrer la scène violente de ce dimanche, entre mes parents, l'année de mes douze ans. J'ai résisté aussi avant de plonger dans l'écriture de *La femme gelée*, je me doutais que, plus ou moins consciemment, je mettais en jeu ma vie personnelle, qu'au terme de ce livre je me séparerais de mon mari. Ce qui a eu lieu.

Le processus est souvent le suivant. À un moment, je suis poussée à écrire quelques pages, auxquelles je n'assigne aucun but, qui ne sont pas destinées à constituer le début d'un texte précis. Je m'arrête, je ne vois pas où je vais, je laisse de côté ce fragment. Plus tard, il va se révéler déterminant dans le projet qui, entre-temps, est devenu plus clair et qui, en quelque sorte, s'y accrochera. C'est un peu abstrait, il faudrait évoquer comment ça s'est passé précisément pour chacun de mes livres parce qu'il y a tout de même des différences dans l'élaboration, je dirais dans le désir, de chacun d'eux. Par exemple, dans *La place*, à l'ouverture du livre, il y a le récit des épreuves pratiques du CAPES et de la mort de mon père. J'ai écrit cela presque d'une traite à La Clusaz aux vacances de Pâques 1976. Je n'ai pu poursuivre. L'été qui suit, j'écris *Ce qu'ils disent ou rien* dans la continuité d'un fragment rédigé durant l'hiver… En janvier 1977, je reprends et poursuis ce que j'ai écrit sur mon père en 1976.

Un roman que j'arrête en avril à la centième page, parce que tout me paraît faux. Quand je reprends ce texte, en 1982, je ne conserve que les pages écrites la toute première fois, à La Clusaz... Mais en six ans, j'ai procédé à une importante réflexion sur le rapport entre l'écriture et le monde social, ma position de narratrice issue du monde dominé, etc. Mon projet s'est réduit, focalisé sur mon père plus que sur ma « trahison », ce que j'envisageais au départ, et le texte ne fera que cent treize pages. C'est d'ailleurs quasiment une constante, l'ampleur que j'envisage d'abord ne cesse de se réduire.

Même processus pour *La honte*, quelques pages en 1990, arrêt, reprise en 1995 : toute la perspective du texte m'est apparue avec la dernière phrase du fragment en suspens, « c'est cette année-là que je suis entrée dans la honte ».

Mais je vous ai parlé jusqu'ici de l'impulsion, des premières pages qui donnent forme, dans un autre monde, celui de l'écrit, au désir de plonger dans l'exploration d'une réalité, pas du tout de la forme, je veux dire de tout ce qui concerne la structure, les limites du texte, les divers choix possibles. Tout cela, à mon avis, explique aussi le délai qui se produit souvent entre les premières pages et la suite, car à partir du moment où j'ai commencé réellement d'écrire se pose, je dirais de façon matérielle, concrète, la question de la « forme ». Flaubert dit quelque chose comme — je ne me souviens pas exactement de la citation — « Chaque livre contient en soi sa poétique, qu'il faut trouver ». C'est ce qu'il me faut chercher, qui m'occupe quelquefois très longtemps, et que je définirais comme l'*ajustement* entre, d'une part d'un désir et d'un projet, de l'autre des techniques possibles de fiction (ce terme étant évidemment pris dans son sens de construction et de fabrication, non d'imagination). Il y a eu des ajustements qui m'ont demandé beaucoup de réflexion (*La place* — *La honte*), d'autres un peu moins (*L'événement*), d'autres pratiquement pas, comme s'il n'y avait eu aucun autre choix possible, que le désir ait tout de suite trouvé sa forme (*Passion simple, L'occupation*).

Depuis vingt ans comme je l'ai déjà dit, je tiens une sorte de journal d'écriture, plutôt un journal « d'entre écriture » parce que j'y ai recours pour exposer tous mes problèmes et mes hésitations *avant* d'écrire, ou au début d'un livre. À partir du moment où je suis vraiment engagée dans un texte, je ne note plus rien dans ce journal.

Dire toutes les autres étapes du texte, à partir du moment où je suis sûre que j'irai au bout, quoi qu'il se passe, est impossible. Les manuscrits, que je garde depuis *La place* (une partie seulement), *Une femme*, etc., truffés de corrections et de remarques, seraient sans doute parlants... La critique génétique me semble actuellement celle qui est la plus apte à mettre au jour l'élaboration d'un texte. Ce qu'elle ne peut, toutefois, mesurer, percevoir même, c'est l'influence du *présent*, de la vie, sur le texte. Il y a, par exemple, dans l'écriture de *Passion simple*, l'interférence d'éléments qui ont lieu au moment où j'écris et qui sont évoqués dans mon journal intime, dans la suite, non publiée, de *Se perdre*.

J'ai souvent, dans mes cours destinés aux étudiants de CAPES, cité cette phrase de Breton : « Aimer d'abord, il sera bien temps, ensuite, de savoir pourquoi on aime. » Trop souvent, ils manifestaient une approche purement « techniciste » des textes, comme si ceux-ci ne leur « disaient » rien et je pensais qu'enseigner la littérature au collège et au lycée était d'abord cela, faire aimer des livres, qui vous accompagnent dans votre vie. Cela dit, vouloir, comme on ne cesse de le faire depuis un siècle et surtout depuis cinquante ans, démonter les rouages des œuvres, leur genèse, me semble légitime. Vouloir comprendre comment a été conçu, à partir de quels éléments — finalement de bric et de broc, intimes, collectifs —, ce texte qui existe comme un tout, comprendre « pourquoi on aime ».

Vous remarquez que je ne vous ai pas posé cette question que vous redoutez : « Sur quoi écrivez-vous ? » Je crois en effet qu'il est pratiquement impossible de définir un texte qui se cherche avant de l'avoir terminé, ou d'être très avancé dans sa réalisation, ce que montreraient sans doute les avant-textes, puisque le projet se transforme en cours de route, et que l'écriture constitue à elle seule un processus d'éclaircissement de ce qui était obscur lorsqu'on a entrepris le texte. De même le « genre » de vos textes actuels, excepté pour le journal, est indéfinissable selon des paramètres classiques, comme nous l'avons vu.

Comme un organisme autonome

Quant à la matérialité du travail d'écriture : vous procédez par éliminations et surcharges, ajouts et suppressions de paragraphes, de phrases. Vous est-il possible de donner un ordre d'idées sur la nature *de ces surcharges et suppressions, si du moins elles se produisent de façon similaire et répondent à une nécessité invariante pour tous vos textes ? Que supprimez-vous, qu'ajoutez-vous, et comment ? Vous semblez être aux antipodes de l'usage des « paperolles »...*

Mes manuscrits ressemblent — et de plus en plus — à un patchwork : chaque feuillet compte des paragraphes, bourrés de rajouts, au-dessus des mots, entre les lignes et dans la marge, avec des couleurs de feutre différentes, du crayon noir parfois. La place de ces paragraphes n'est pas fixe, d'où des renvois de pages signalés. Au feuillet 10, par exemple, peut s'adjoindre 10 bis, 10 ter, voire quater (je ne suis pas encore allée au-delà). Et tout récemment je me suis mise à utiliser les Post-it, mais je me méfie de leur côté éphémère, parce que je veux tout garder : ce qui ne me plaît pas un jour peut de nouveau m'agréer le lendemain.

Tout cela correspond à ma façon d'écrire quand je suis immergée dans le projet, dans sa construction : avancer très lentement d'une part, et d'autre part rajouter sans cesse, réintroduire des choses qui me viennent soit au moment où j'écris, soit n'importe quand, dans la vie courante. Peu de suppressions. Je supprime beaucoup, en revanche, dans la dernière étape, quand je saisis le texte sur ordinateur (depuis sept ans, avant j'utilisais la machine à écrire, qui limitait forcément le nombre des corrections et des repentirs). Souvent, quand le texte est imprimé, que je revois le manuscrit, je me demande pourquoi j'ai enlevé telle ou telle chose, je ne peux pas l'expliquer. Je doute que la critique génétique puisse le faire, parce que, dans ce dernier travail sur le texte, j'obéis à une espèce de nécessité, dans laquelle le livre est envisagé dans sa totalité, comme un organisme autonome, hors de moi, avec lequel je fais cependant corps. Une nécessité qui est perdue, une fois le livre fini et publié. D'où mon incompréhension de certaines suppressions.

Les notations sur l'écriture, le processus de la mémoire, sur la démarche, l'anamnèse presque, fréquentes dans vos livres post-romanesques, sont-elles ultérieures, rétrospectives, ou simultanées à la

rédaction de ces premiers jets que vous gardez parfois
longtemps en réserve avant de les achever et de les
publier ?

Les notations qui figurent dans mes livres depuis
La place me viennent au fur et à mesure que j'écris,
elles ne sont pas raboutées au texte, avec lequel
elles entretiennent d'ailleurs un lien étroit, avec ce
texte-là, pas un autre. *L'événement,* c'est le récit
d'un avortement et le récit de l'écriture d'un avortement, avec les problèmes de la mémoire, celui
des *preuves.* Je n'aurais pas pu importer tout cela
d'un autre moment de ma vie, je veux dire d'un
moment autre que celui où j'étais en train d'écrire
ce livre. Là aussi, il s'agit de vérité, de « preuve » :
voilà ce que je suis en train d'expérimenter, voilà
ce qui me traverse. Le dire en quelque sorte « en
temps réel », au moment où je l'éprouve. C'est ce
qui se passe au début de *La honte,* où j'analyse ce
qui m'arrive après avoir écrit pour la première fois
la scène traumatique de l'année de mes douze ans.
Ça fait partie de l'écriture comme exploration,
même si ce n'est pas ce qui intéresse forcément le
plus les lecteurs. Dans *Les Confessions,* Rousseau
énumère les détails de la salle d'études de Bossey
dont il se souvient, un baromètre, une estampe, un
calendrier, une mouche se posant sur sa main. Il
ajoute : « Je sais bien que le lecteur n'a pas grand
besoin de savoir tout cela ; mais j'ai besoin, moi, de
le lui dire. » Moi aussi, j'ai besoin de dire des
choses qui se passent en écrivant, dont le lecteur
n'a pas forcément besoin.

Une façon d'exister

Vous m'écriviez l'an dernier que vous aviez retrouvé dans votre journal de 1963 (l'année évoquée dans L'événement*) cette note à propos d'un texte entrepris alors : «J'ai de moins en moins la "foi" et pourtant je ne peux pas vivre sans cela. Ce n'est peut-être qu'une croyance.» Et vous ajoutiez : «trente-huit ans plus tard, je ne me pose plus la question de la foi dans ce que je fais, puisque je ne peux vivre sans cela et si c'est une croyance (quel vocabulaire religieux !) je ne peux plus l'abjurer…». Cet appel à des termes religieux pour parler de l'écriture m'amène à m'interroger : avez-vous transféré sur l'écriture la foi de votre enfance, évoquée en particulier dans* La honte, *dans* L'événement *(l'épisode de la confession) ? Où en êtes-vous par rapport à la foi, ou ce qui en tient lieu ?*

Penser qu'on ne peut pas vivre sans écrire, cela relève de la croyance dans son sens le plus général, quelque chose d'imaginaire qui pousse à s'investir dans une action, un amour, etc. C'est la forme que prend un désir pour se réaliser. À vingt-deux ans, quand j'écris que ce n'est peut-être qu'une croyance — cette idée de ne pouvoir vivre sans écrire — et que je n'ai plus la «foi», je me ménage d'autres voies de bonheur ou, comme on disait déjà beaucoup alors, d'autres possibilités de «réalisation de soi», d'autant que j'avais connu trois mois auparavant le refus de mon premier roman par les éditeurs. Maintenant, écrire est devenu une façon d'exister, c'est une croyance réalisée en somme.

Mais j'en viens à l'essentiel de votre question, sur un éventuel transfert de ma foi d'enfance sur l'écriture. J'ai tiqué tout de suite sur cette expression «foi d'enfance», comme si elle n'était pas adaptée à cet ensemble de discours, de règles, de rites et de pratiques, d'histoires, qui constituait une éducation catholique jusqu'aux années soixante-dix. Surtout quand on a une mère aussi pieuse que la mienne et qu'on est élève d'un pensionnat religieux. Ce n'est pas l'idée de l'existence de Dieu, ni celle de l'âme immortelle, les idées inculquées comme des vérités absolues, qui comptent le plus, mais des mots répétés, comme ceux de sacrifice, de salut, de perfection par exemple — tout un langage structurant la perception du monde, des légendes, des injonctions et des interdits, sexuels surtout, implicites. La pratique de la confession a eu bien davantage d'influence pour la vie des individus que le dogme de la Trinité ou de l'Immaculée Conception ! Enfant, je crois donc en Dieu, la Sainte

Vierge, etc., mais il est surtout interdit de ne pas croire. Un souvenir : je dois avoir douze ou treize ans, je lance avec mépris à ma petite cousine et une autre gamine que je ne crois pas au ciel, à l'enfer, en Dieu. Elles sont horrifiées et menacent « d'aller le dire » à ma mère. Elles ne l'ont pas fait mais je me rappelle avoir été tourmentée par cette perspective.

Il me semble que vers seize ans, dans un moment où se confondent une relecture de *La Nausée*, l'étude de Pascal et une violente crise d'entérite — image des waters glacés de la cour du pensionnat, en février —, je découvre que le ciel est vide. Si la question de l'existence de Dieu s'est ensuite dissoute d'elle-même, comme inutile, sans importance au regard des problèmes du monde réel et de la connaissance, il en va tout autrement pour l'imprégnation éthique, le langage et les notions au travers desquelles j'ai pensé jusqu'à l'adolescence. Abandonner des idées, c'est bien moins difficile que d'abandonner des images, des façons de sentir. Depuis une dizaine d'années, j'ai tout à fait conscience d'avoir transféré certaines représentations, certains impératifs, qui ressortissent à la religion dans laquelle j'ai baigné, sur ma pratique d'écriture et le sens que je lui donne. Par exemple, penser l'écriture comme un don absolu de soi, une espèce d'oblation, et aussi comme le lieu de la vérité, de la *pureté* même (je crois que j'ai employé ce mot dans *Se perdre*). Ou encore éprouver les moments où je n'écris pas comme une faute, *la* faute, le « péché mortel » (quel gouffre que cette expression !). Mais tout ce qui est « au-delà » et vérité surnaturelle dans la religion est pour moi *ici*, seulement ici, et il n'y a pas de vérité révélée, donnée. L'autre vie, celle que la religion situe au-delà de l'existence, à venir, je la situe dans le passé, c'est la vie déjà vécue — c'est aussi celle à laquelle on accède dans l'amour, d'une certaine façon. Je vis, je pense et je sens de façon matérialiste, sur fond de néant, et c'est d'ailleurs ce qui me pousse à laisser le témoignage d'une trace dans l'histoire. Ne pas être venue au monde pour rien, inutilement.

Écrire, serait-ce donc pour vous, comme pour Proust, « la seule vie réellement vécue » ?

Proust précise, « la vraie vie, la vie *enfin découverte et éclaircie*, la seule vie par conséquent réellement vécue, c'est la littérature ». J'insiste sur ces mots, la vie découverte et éclaircie, parce qu'ils me paraissent essentiels. Si j'avais une définition de ce qu'est l'écriture ce serait celle-ci : découvrir en écrivant ce qu'il est impossible de découvrir par tout autre moyen, parole, voyage, spectacle, etc. Ni la réflexion seule. Découvrir quelque chose qui n'est pas là avant l'écriture. C'est là la jouissance — et l'effroi — de l'écriture, ne pas savoir ce qu'elle fait arriver, advenir.

*

L'image du don, récurrente dans vos livres, semble indiquer qu'il existerait une dette à payer, à rembourser. Si c'est le cas, avez-vous aujourd'hui le sentiment d'avoir soldé cette dette envers le monde dont vous êtes issue (je reprends vos termes), en le restituant dans La place, Une femme, La honte, *en assumant et dépassant la «culpabilité» initiale? Il semble en effet que vos livres, depuis une dizaine d'années, aillent au-delà de la reconstitution historique, sociologique, d'une époque, pour se centrer sur l'intime avec* L'événement, Passion simple, Se perdre, L'occupation...*

L'écriture ne peut jamais être envisagée sous l'angle de la liquidation progressive de problèmes, comme on barre successivement, dans une liste, les travaux ou les courses à faire. Ni même comme un dépassement. Je crois au contraire que c'est, d'une certaine façon, le lieu de l'indépassable, social, familial, sexuel. Si, en ce qui me concerne, il y a dette, culpabilité, elles ne finiront jamais. Surtout, il me semble écrire dans la même visée — le dévoilement du réel — et depuis les mêmes pulsions, conflits même, depuis le début.

Cela dit, comme un certain nombre de lecteurs, vous voyez une différence entre, par exemple, *La place, Une femme* et *L'événement, L'occupation*, entre ce qu'on pourrait schématiser comme d'une part le social et de l'autre l'intime. La différence n'est pas là. Dans *La place* et *Une femme*, le récit est focalisé sur les figures sociales de mes parents. Dans *Journal du dehors* et *La vie extérieure*, qui sont d'ailleurs des textes récents, il n'y a rien d'intime — comme l'indiquent les titres — et le «je» est rare. En revanche, dans *Passion simple*, *L'événement* et *L'occupation*, c'est le «je» qui, non seulement raconte, comme dans *La place*, mais qui est aussi l'objet du récit et de l'analyse. *La honte*, de ce point de vue, est hybride, avec le «je» et le «on». Mais, dans tous ces textes, il y a la même *objectivation*, la même mise à distance, qu'il s'agisse de faits psychiques dont je suis, j'ai été, le siège, ou de faits socio-historiques. Et, dès *Les armoires vides*, mon premier livre, je ne dissocie pas intime et social.

J'aimerais m'attarder sur cette notion d'intime qui, en un peu plus d'une décennie, est venue au premier plan, a fourni une classification littéraire — «écrits intimes» —, fait l'objet de débats dits de société à la télé et dans les magazines, se confond plus ou moins avec le sexuel (auquel il a été longtemps associé, faire sa toilette intime). On peut imaginer que l'émergence de cette notion a quelque chose à voir avec une modification dans la perception de soi et du monde, qu'elle en est le signe. Toujours est-il que l'intime est, pour le moment, une catégorie de pensée à travers laquelle on voit, aborde et regroupe des textes. Cette façon de penser, de classer, m'est étrangère. L'intime est encore et toujours du social, parce qu'un *moi* pur, où les autres, les lois, l'histoire ne seraient pas présents est inconcevable. Quand j'écris, tout est chose, matière devant moi, extériorité, que ce soit mes sentiments, mon corps, mes pensées ou le comportement des gens dans le RER. Dans *L'événement*, le sexe traversé par la sonde, les eaux et le sang, tout ce qu'on range dans l'intime, est là, de façon nue, mais qui renvoie à la loi d'alors, aux discours, au monde social en général.

Existe-t-il un intime à partir du moment où le lecteur, la lectrice ont le sentiment qu'ils se lisent eux-mêmes dans un texte ?

Je hasarde une interprétation : peut-être que plus un texte est intime ou personnel, plus il devient universel. D'ailleurs, La place *et* Une femme *aussi sont intimes, en ce sens qu'ils évoquent une expérience personnelle — et universelle.*

*

« Quand on éprouve de la difficulté à faire quelque chose, il faut continuer, c'est en découvrant la solution qu'on fait vraiment quelque chose de nouveau. » Cette phrase du peintre Pavel Filonov que vous citez dans Se perdre *est pour moi une sorte de viatique lorsque j'éprouve dans ma propre recherche qu'il est particulièrement difficile et périlleux d'aller, comme l'a écrit*

Roger Laporte, « toujours du même côté, jamais d'un
autre ». T. S. Eliot, pour sa part, écrivait : « Each
venture is a new beginning, a ride into the inarticu-
late. » Votre quête devient-elle plus difficile à mesure
qu'elle progresse ? Quel est le coût, la dépense impli-
quée dans votre recherche incessante de vérité ?

J'ai lu cette phrase de Pavel Filonov dans une
exposition de ses œuvres à Beaubourg, en 1990,
quand j'éprouvais des doutes sur une entreprise,
un découragement profond, et j'ai su aussitôt
qu'il avait raison. Ne pas abandonner le projet, ne
pas abandonner un désir essentiel sous prétexte
qu'on n'y arrive pas. Au contraire : la difficulté, le
blocage pour parler net obligent à inventer,
découvrir, des solutions artistiques nouvelles.
D'ailleurs, c'est ce qui s'est passé avec *La place*.
En même temps, cette certitude de devoir affronter la difficulté, cette obligation de ne pas renoncer ne rend pas l'exercice de l'écriture très
facile... Là-dessus, mon journal d'écriture est
d'une terrible désolation, j'ai horreur de le relire,
lui, à la différence du journal intime... De fait, il
s'agit toujours d'une quête de la forme susceptible, elle et elle seule, d'atteindre, ou de produire,
la vérité. Une forme à l'intérieur de la non-fiction.
Le prix que je paye de plus en plus, c'est celui de
la liberté et de l'exigence en même temps.

Ce qui fascine et provoque le vertige lorsqu'on suit
à mesure qu'elle se produit l'avancée de votre œuvre

actuelle, c'est qu'on se demande : jusqu'où peut-on aller dans cette voie ? Et toujours, l'impression qui prédomine en moi après la lecture est que vous avez fait avancer les choses en allant jusque-là. Vous posez-vous cette question, jusqu'où aller ? Hésitez-vous parfois ?

Je ne sais pas ce que vous voulez dire exactement, et cependant je le sens, parce que vous concevez comme moi l'écriture comme une recherche, comme quelque chose de dangereux aussi, une exigence qui ne peut pas laisser en repos. Sans doute, il y a un mythe de l'écriture et de la souffrance — Flaubert ! —, de la quête prométhéenne — Rimbaud... — auquel on peut être tenté de se rattacher, dans une attitude, il faut l'admettre, parfois agaçante. Mais c'est vrai, j'envisage l'écriture comme un moyen de connaissance, et une espèce de mission, celle pour laquelle je serais née, donc aller toujours le plus loin possible, sans savoir ce que cela signifie vraiment. En vous répondant, là, une phrase de Dostoïevski, dans *Crime et Châtiment*, à propos de Raskolnikov, m'a traversée : « Vivre pour exister ? Mais de tout temps il avait été prêt à donner mille fois son existence pour une idée, pour un espoir, pour un caprice même. L'existence ne lui avait jamais suffi, il avait toujours exigé davantage. » Je la connais par cœur, parce que je l'ai inscrite en tête de mon agenda de l'année 1963, l'année où j'ai fini d'écrire mon premier texte, non publié, où j'ai aussi vécu

intensément. Ces phrases des autres qu'on écrit,
c'est aussi sa vérité à soi. N'avoir que l'existence
et elle ne suffit pas...

New York — Paris,
juin 2001-septembre 2002.

À JOUR

En relisant cet entretien que nous avons réalisé, Frédéric-Yves Jeannet et moi, par un échange de mails entre 2001 et 2002, ma première réaction a été l'étonnement : rien que j'aie envie de modifier ou de désavouer. Et, plus encore qu'en 2002, j'ai ressenti une vive gratitude à l'égard de Frédéric-Yves Jeannet qui, avec subtilité et rigueur, m'a fait faire un examen de « conscience littéraire » exigeant et complet. Il était donc tentant de m'en tenir à cette impression et de laisser republier *L'écriture comme un couteau* sans un mot de plus.

Borges, dans *Fictions*, invente un certain Pierre Ménard qui, à l'aube du XXᵉ siècle, réécrit mot à mot le *Quichotte* de Cervantes. Le même texte en apparence. Pas du tout, dit Borges, qui démontre que la distance historique l'a rendu tout autre. Dix ans, c'est trop peu sans doute pour que cet entretien porte de façon perceptible les signes du temps écoulé. Et pourtant.

Dans l'intervalle, la société et le paysage

littéraire ont changé. Les technologies qu'on dit encore, pour très peu de temps, « nouvelles », sont en train de bouleverser le mode d'appropriation des textes. Le choix du mail pour réaliser l'entretien étonnait en 2003, il est banal aujourd'hui. Des questions abordées dans l'entretien, littérature et politique, écriture et féminisme, tendent à devenir intempestives. La transgression en littérature a perdu son sens en devenant le label le plus élogieux et le plus distribué. L'autofiction a brouillé la frontière entre le roman et l'autobiographie, enrôlant sous la même bannière des entreprises d'écriture très différentes, gommant leur singularité. Dans un contexte de séduction généralisée, le parti pris ici de nous en tenir à l'écriture, toute l'écriture, dans sa relation avec la vie et le monde, mais sans rien d'anecdotique ou de confidentiel, surprendra (décevra ?) peut-être.

Surtout, durant ces dix ans, j'ai continué d'écrire et de publier des livres. Ceux-ci ne sont pas en rupture avec les précédents mais ils explorent d'autres territoires, avec d'autres formes. Il m'a paru bon de m'en expliquer, de me mettre « à jour ».

À l'époque de l'entretien, je me débats avec un projet qui remonte à une quinzaine d'années : je veux raconter une vie de femme, plus ou moins la mienne, qui soit à la fois distincte et confondue dans le mouvement de sa génération. Pour l'heure, c'est un grand chantier, constitué de notes, de débuts, très nombreux, allant de trois à

trente pages et d'interrogations formelles, théo-
riques. Je songe de plus en plus à une «autobiographie vide», c'est-à-dire collective, sans *je*, avec
seulement *on* et *nous*. J'ai intitulé provisoirement
mon travail, *Histoire*, puis *Génération*.

Dans mon échange avec Frédéric-Yves Jeannet, je n'en dis rien, parce que je ne suis pas sûre
de mener à bien cette entreprise dont je mesure le
caractère neuf, voire fou. Surtout, un livre est
pour moi une vision qui se réalise au fur et à
mesure, il n'existe pas avant la dernière phrase. Je
n'avais alors rien d'autre que la vision. Mais *Les
années* — titre finalement choisi — est là, à l'horizon de l'entretien, par exemple quand j'écris que
«je suis dans un passé qui arriverait jusqu'au présent, donc quelque chose relevant de l'histoire,
mais en évacuant tout récit». Ou encore lorsque
je tente d'expliquer ma méthode de travail, fondée sur la mémoire, une manière «d'halluciner»
les images du souvenir, c'est-à-dire de les regar-
der jusqu'à avoir l'impression qu'elles sont réelles
et que je suis *dedans*. Je procéderai ainsi pour *Les
années*, en m'immergeant dans mes images, de la
fin de la Seconde Guerre mondiale à 2007, réen-
tendant les paroles des gens, les publicités et les
chansons, puis soumettant tous ces éléments à
l'analyse et les fondant dans une sorte de récit
épique moderne.

La réception des *Années* m'a paru miraculeuse
au regard de la peur, qui a été la mienne jusqu'à
la fin, d'écrire un texte illisible. Sans doute faut-
il attribuer en partie l'enthousiasme des lecteurs

et de la critique à un besoin de mémoire, en cette époque de mutations sans précédent. Non la mémoire officielle ou conservée par les archives, mais celle que chacun fabrique rien qu'en vivant, traversés que nous sommes par les choses et les idées, les événements qui composent *l'air du temps*. Je veux croire aussi que, par-delà le bonheur mélancolique ressenti par les lecteurs de ressaisir le temps, ce livre donne conscience que nous faisons histoire ensemble.

Il y a dans mon parcours plusieurs textes, généralement courts — *Une femme, Passion simple, L'occupation* — qui m'ont été dictés par l'imprévisible de la vie. Brusquement, il n'est plus question d'écrire autre chose que *cela*. Ce fut aussi le cas pour *L'usage de la photo*, entrepris peu de temps après cet entretien, dans lequel je dis déjà que «les photos me fascinent», que «je pourrais rester des heures devant une photo comme devant une énigme». En 2003, quand j'étais en chimiothérapie pour un cancer du sein, j'ai rencontré Marc Marie. Nous sommes devenus amants. Onze ans plus tôt, dans *Passion simple*, j'exprimais le désir de conserver le tableau formé par les objets et les vêtements en désordre après l'amour. Cette fois, l'idée m'est venue un matin de prendre en photo cette sorte de tableau, cet étrange paysage, éphémère. Nous avons décidé de continuer à prendre des photos des lieux où nous avions fait l'amour et, quelques mois après, de commenter chacun de notre côté, à notre guise, quatorze de ces clichés. Ainsi est né cet « usage écrit » de la photo contre le temps et contre la mort, dont l'aile sur moi était à ce moment très présente. Même si je laisse de côté les ricanements porcins de quelques critiques — hommes, sans étonnement — il me faut constater que ce livre a déconcerté. Sans doute a-t-il heurté de multiples façons : par l'érotisme d'une femme atteinte d'un cancer, par l'introduction de photos sans finalité artistique, montrant ici un jean sur le parquet, là des chaussures éparpillées dans un couloir. Peut-être plus encore par sa forme qui, selon le vœu que j'exprimais à Frédéric-Yves Jeannet, « brise la clôture du texte », l'ouvre à des images et à une autre écriture que la mienne.

En 2002, je déclarais : « Je n'ai pas le désir de découvrir les zones d'ombre de ma vie. » Le hasard est venu m'apporter un violent démenti avec la conscience d'un désir que je ne me connaissais pas. Sollicitée par une jeune éditrice qui créait une nouvelle collection obéissant à une consigne précise — *Écrivez la lettre que vous n'avez jamais écrite* — j'ai pensé en un éclair : *lettre à ma sœur morte.* Comme si la forme épistolaire, pour laquelle j'ai peu de goût, que je n'ai jamais pratiquée auparavant, se révélait la seule possible pour évoquer la première fille de mes parents, morte avant ma naissance, quand elle avait six ans. Une porte restée fermée jusqu'alors s'ouvrait d'un seul coup devant moi et je ne pouvais faire autrement que la franchir. Cette lettre, *L'autre fille*, est

147

une tentative de penser celle qui était l'impensée, l'enfant du ciel, la « sainte » dont il m'était interdit de parler. De mettre au jour le lien entre sa mort et ma croyance — à l'œuvre dans l'écriture — d'être une « survivante ».

Il me paraît aussi hasardeux qu'il y a dix ans de parler de mon travail en cours. À tout moment il peut être modifié, ou suspendu, par l'irruption d'événements personnels. Ou collectifs, qui obligeraient à de nouvelles questions. Car écrire n'est pas une activité hors du monde social et politique : cette conviction profonde est le fil qui court sans rupture dans l'entretien et qui lui a donné son titre. Il est moins que jamais question de prendre mon parti des choses et, par rapport à 2002, celles-ci se sont assombries. Sur fond d'une domination masculine à peine entamée, on constate, dans l'imaginaire collectif, le retour de la femme dangereuse, de la sorcière, dont la « femme voilée », accusée de mettre en danger la République, est l'avatar moderne. Le gouvernement actuel, le plus cynique et le plus injuste qui soit depuis soixante-cinq ans, en a fait la fourrière d'un péril islamique menaçant l'« identité nationale ». De jour en jour, les discours et les sondages construisent — avec succès, hélas — la figure d'un ennemi intérieur, le musulman (mais aussi l'immigré, le Rom, le jeune des cités), d'une façon qui rappelle funestement la recherche du bouc émissaire des années trente. Dans ce climat torpide de rejet de l'Autre, la première question à se poser, quand on écrit, est celle des moyens d'une prise de conscience critique de la montée des dangers.

Avril 2011

DES MÊMES AUTEURS

ANNIE ERNAUX

Aux Éditions Gallimard

LES ARMOIRES VIDES, Folio n° 1600

CE QU'ILS DISENT OU RIEN, Folio n° 2010

LA FEMME GELÉE, Folio n° 1818

LA PLACE, Folio n° 1722 et Folioplus classiques n° 61

UNE FEMME, Folio n° 2121

PASSION SIMPLE, Folio n° 2545

JOURNAL DU DEHORS, Folio n° 2693

LA HONTE, Folio n° 3154

«JE NE SUIS PAS SORTIE DE MA NUIT», Folio n° 3155

LA VIE EXTÉRIEURE, Folio n° 3557

L'ÉVÉNEMENT, Folio n° 3556

SE PERDRE, Folio n° 3712

L'OCCUPATION, Folio n° 3902

L'USAGE DE LA PHOTO, en collaboration avec Marc Marie, Folio n° 4397

LES ANNÉES, Folio n° 5000

Aux Éditions Stock

L'ÉCRITURE COMME UN COUTEAU, entretiens avec Frédéric-Yves Jeannet (Folio n° 5304)

Aux Éditions NiL

L'AUTRE FILLE

FRÉDÉRIC-YVES JEANNET

SI LOIN DE NULLE PART, Éditions du Lieu, 1985.

DE LA DISTANCE, avec Michel Butor, Ubacs, 1990.

CYCLONE, Castor Astral, 1997 (rééd. Argol, 2010).

CHARITÉ, Flammarion, 2000.

L'ÉCRITURE COMME UN COUTEAU, avec Annie Ernaux, Stock, 2003.

RENCONTRE TERRESTRE, avec Hélène Cixous, Galilée, 2005.

RENCONTRE AVEC ROBERT GUYON, Argol, 2006.

RECOUVRANCE, Flammarion, 2007.

OSSELETS, Argol, 2010.

COLLECTION FOLIO

Composition Igs
Impression Novoprint
à Barcelone, le 5 janvier 2012
Dépôt légal : janvier 2012
1er dépôt légal dans la collection : octobre 2011

ISBN 978-2-07-044008-5/Imprimé en Espagne.